廣嶋玲子·作　Minoru·繪
林宜和·譯

步步出版

人物
久藏
太鼓長屋房東的兒子
千彌
住在太鼓長屋
的青年按摩師
玉雪
兔子妖怪
梅吉
梅子小妖怪
彌助
千彌養育的孩子

登場
月夜王公
妖怪奉行所
東方地宮的所長
飛黑
妖怪奉行所
領頭的烏天
狗妖怪
津弓
月夜王公的甥兒
王蜜公主
妖貓族公主
初音
久藏的妻子，
華蛇族公主

薊花妖怪媽媽
薊花妖怪
紅珠
王妖狐族的女妖
青彥
薊花妖怪的兒子
菌菇僧
菌菇妖怪
墨子
白松
赤丸
茶吉
黃助
菌菇僧的孩子

其他人物

- 姑獲鳥　守護孩子的保母妖怪
- 綾姬　十郎從前服侍的豪門千金
- 總一郎　綾姬的未婚夫

目次

妖怪托顧所

8

【女妖的報復】

彌助，大難臨頭

愛，是美麗的，是溫柔的，同時，也是非常強韌的。
一旦有了心愛的對象，許多人都會變得比以前更堅強、更有神采。
然而，其中也有些人，會將這樣的愛戀之心扭曲。

他只想把對方據爲己有。
他只想令對方服從自己。

愛戀變成欲望，再變成黑暗扭曲的心魔。
是的，到了最後，它會化爲憎恨。

1

菌菇小妖怪

梅雨季眞是個鬱悶的季節，到處都充滿溼氣，黏答答的。

就在這陰沉沉的日子裡，住在太鼓長屋的千彌也快發霉了。他每天什麼也不做，只是盤膝坐在房間角落，一個人生悶氣。

怎麼可以這樣？怎麼可以這樣？千彌不甘心的反覆咕噥。

「彌助，你被盯上了，有生命危險，知道嗎？都這關頭了，你居然還要看顧妖怪的小孩，簡直不敢相信！這種時候好歹也休息一下啊！」千彌不停嘮叨，彌助只有苦笑。

彌助只是個普通的人類少年，卻在經營「妖怪托顧所」。他的養親千彌，原來是名爲白嵐的妖怪界大人物，現在卻已經失去大部分妖力，成了一名平凡的按摩師。

千彌非常溺愛彌助，每天光是爲他擔心這個擔心那個。換作是平時，彌助會大聲說：「我沒事啦！」可是，現在他卻說不出口。因爲，這回彌助是真的要被追殺了！

盯上彌助的，是王妖狐族的紅珠。她是月夜王公的親戚，因爲單戀月夜王公無果，失去理智，竟然殺了他的父母。前些天，紅珠從被囚的冰牢逃跑，如今下落不明。

然而，在消失之前，紅珠曾經來到太鼓長屋，留下惡毒的宣告。爲了讓千彌受苦，她誓言奪走彌助的性命。

從那天以後，千彌每天都戰戰兢兢過日子。他既不願出門，也不歡迎來客，即使彌助只是要去屋外上個廁所，他也緊跟不放。

「沒逮到那個女妖之前，我們不要見任何人，自己過日子就好啦……眞的不行嗎？你就那麼討厭跟我獨處嗎？」千彌哀怨的說。

彌助聽了，趕緊衝過去安撫：「當然不是啦！我怎麼會討厭千哥呢？只是……我們要是不照常過日子，感覺就會很可怕啊！」

「這是什麼話？你都要被追殺了，當然會害怕呀！」千彌無法理解。

「是沒錯……可是那樣一來，我也會很生氣，難道就因爲那個女妖，我們得畏畏縮縮過日子……我不要啦！」彌助說，他寧願一如往常般生活，妖怪托顧所的工作也照接不誤。

「沒關係，月夜王公不是說，他會加派烏天狗守衛保護長屋，也會加強這房子四周的結界，那個女妖一定闖不進來啦！」彌助安慰千彌。

「那……你一定要答應我，不能踏出長屋一步，拜託你！」千彌抓住彌助肩膀說。

彌助只好點頭：「好啦，在紅珠被捕之前，我都不會離開長屋。可是，買東西要怎麼辦呢？」

「如果需要什麼，我去買就是了！」千彌立刻接話。

「那不就換千哥會被紅珠偷襲嗎？」彌助擔憂道。

「不，不會的！」千彌斬釘截鐵的說：「紅珠憎恨我，所以不會直接攻擊我。她知道若要讓我遭受更大的痛苦，就得對你下手。她很聰明，一眼就看穿我生命中最重要的是什麼了！」

所以千萬不可大意，千彌說，紅珠一定會實現她的宣告，前來殺害彌助。

見千彌咬牙切齒，彌助握了握他的手，接著忽然想起什麼：「可是……為什麼紅珠會憎恨千哥呢？她不是沒見過你嗎？應該沒有理由那麼恨你啊！到底是為什麼呢？」

千彌沒有答腔。彌助並不知道他的過去。

很久很久以前，千彌曾經是月夜王公的摯友。但是，為了某個原因，千彌捨棄了這段友情。不但如此，他還設計讓月夜王公憎惡自己。因此，直到現在他們的關係還是很差。

這麼看來，如果當初他們倆交好的時候，正好是紅珠單戀月夜王公的時期，那麼，她就有十二萬分憎恨千彌的理由了！

雪耶，不，月夜王公從前只會和他的姊姊綺晶說笑，直到我們變成好友，他才開始對我露出笑容……如今一想，那眞是非常稀罕的事啊！千彌暗暗想著。

所以，紅珠一定非常生氣。她憎恨那個輕易得到月夜王公笑容的白嵐！絕對不能饒恕！

那個女妖的心思想必是如此。

然而，她那時候沒有動手，是因爲當時的千彌，還擁有強大的法力，紅珠也只能裝作一副乖巧的模樣。

不過現在，一切都不同了！千彌已經失去法力，紅珠也不再有任何顧忌，得以完全露出本性。

儘管如此，千彌還是無論如何都要保護彌助，不管付出任何代價。

「千哥、千哥！你不要不說話，臉上還露出可怕的表情啊！怎麼了？你想起紅珠的什麼事嗎？」彌助擔心的問。

「哦？不，什麼也沒想起來。」千彌隨口敷衍，接著站起身說：「你如果一定要繼續開妖怪托顧所，就務必萬分小心。我出去一下，馬上回來，你乖乖待在這裡。在我回來以前都不要開門，知道嗎？」

「嗯！」彌助點頭答應。

於是，千彌急急出門，不一會兒就帶回一個小小的土鈴[1]。那個土鈴外形是一隻蜷縮的小狗，全身被塗成紅色，圓圓的眼睛十分可愛。

土鈴發出喀啦喀啦的樸拙鈴聲，千彌把它遞給彌助，說：「這是

給你護身的，只要你隨時把它帶在身上，我就不再跟著你去外頭上廁所了！」

「知道了！」既然千彌這麼說，彌助就順從的把土鈴收進懷裡。

那天夜裡，又有妖怪來托兒了。

上門的是以前沒見

過的妖怪，他長得像個袖珍和尚，戴著綠色與茶色混雜的厚斗笠，穿著同樣顏色的和服。稍微一靠近，就能聞到他身上泥土和苔蘚的潮溼氣味。

「初次相見，請多指教，我叫做菌菇僧。」迷你妖怪說。

「哦，是菌菇呀！」彌助豁然開朗，他的確像個菌菇。

菌菇僧看起來有點疲倦，聽他說是在走近這長屋的時候，被烏天狗守衛們包圍，對他做了一番嚴格的盤查。

「他們連我的斗笠底下都翻遍了……眞是嚇人啊！」菌菇僧一面說，一面抖抖身體，接著，從他衣服裡頭滾出幾個小小的丸子。

仔細一看，那些丸子其實都是小妖怪，他們跟菌菇僧一樣，都戴著圓形斗笠，瞇起細小的眼睛，似乎很想睡覺。不過，菌菇小妖怪的衣服和斗笠顏色各不相同，有黑色、白色、紅色、茶色和黃色五種。

菌菇僧依序介紹：「這幾個從右到左分別是墨子、白松、赤丸、茶吉和黃助，我明晚會再來接他們。」

彌助點頭說：「我知道了！那麼晚飯呢？他們有不能吃的東西嗎？」

「這些孩子不用吃東西，但是要不時給他們喝水。還有，因爲一旦被日光照到就會萎縮，所以白天請把他們放在箱子裡……這幾個都不是好動的孩子，應該不會給你添麻煩的。」又拜託了幾句之後，菌菇僧就離開了。

菌菇僧的孩子們的確不愛動，大概也挺怕生，無論彌助問他們什麼，都扭扭捏捏的不肯回話。但是彼此之間卻又像小鳥一般嘰嘰喳喳，不停的細聲交談。

過了一會，菌菇小妖怪開始動了。他們列隊爬上柱子，接著並排停下。大概是貼在木柱上很舒服，小妖怪們的眼皮都沉重起來。

無論怎麼看，排排坐的小妖怪都像是長在柱子上的菌菇，令彌助覺得很有趣。

「喂，你們是不是該喝水了？」彌助端來一碗水，對著柱子問。這時，只聽有個細小的聲音說：「灑在身上！」於是他就伸手蘸點水，滴到小妖怪們身上。

最後，小妖怪們終於睡著了。彌助把他們一個個從柱子上掰下來，放進一口大箱子。這樣即使天亮，他們也不會被日光照到。

再怎麼說，這些都是不費事的孩子呀！彌助不禁鬆了口氣。

第二天早上，彌助打開箱子，探頭一看。只見菌菇小妖們擠成一團，正熟睡著呢！

「咦？奇怪！」其中，紅色菌菇的菌傘整個膨脹起來，好像比昨晚大上許多。

彌助想確認他的狀況，便伸手輕輕戳了一下。

忽然間，菌傘上噴出一股紅色的霧氣，彌助來不及反應，便把那霧氣吸進去了，接著，只覺得似乎有種細細的粉末附著在鼻腔深處。

他感覺鼻子愈來愈癢，就打了個噴嚏。那噴嚏的聲音聽起來好大，震得他腦袋嗡嗡響。下一刻，奇怪的事發生了！

彌助覺得自己的身體好像浮起來了，有一種輕飄飄的感覺。眼前的一切變得歪歪扭扭，每個黑色和茶色的東西都在發光。不知爲什麼，他感到很快樂，吃吃的笑了起來。就連發霉的天井和斑駁的牆壁，似乎都在對著他笑，多麼有趣啊！多麼美麗啊！

「……助！彌助！」有誰在用力搖晃他，彌助猛然清醒：「咦？啊？是千哥……怎麼了？」

「什麼怎麼了？啊——太好了！你終於恢復正常了！」千彌一副要哭的表情，緊緊摟住彌助。

彌助覺得莫名其妙，越過千彌肩膀，卻看見菌菇僧一臉歉疚的站在那兒，手裡抱著五個菌菇小妖。

「咦？菌菇僧？你不是晚上才要來嗎？」彌助問。

「已經是晚上了……」菌菇僧說。

「欸？怎麼會？別開玩笑了！」彌助笑道。

千彌卻猛搖頭說：「是真的，現在已經是晚上了！你忽然倒在榻榻米上，然後就一直笑個不停，害我擔心死了！我還在想你要是一直這樣下去該怎麼辦呀！」

彌助當場呆住：「怎麼會……我不相信！怎麼已經是晚上了……為什麼？」

「你大概是吸入赤丸的孢子了！」菌菇僧說：「我應該事先提醒你的，我們菌菇妖怪只要吃飽了，或是身心放鬆的時候，就會吐出孢子。也可以說，像是打嗝或放屁的感覺吧！」

彌助聽了，這才知道他吸進什麼東西，不禁有點虛脫。

另一頭，千彌的臉色也很差：「孢子就是像種子的東西嗎？彌助吸了，身體該不會長出菌菇吧？」

菌菇僧趕緊說：「絕對不會。只是，孢子一旦進入人體，那人就會作一些跟平常不一樣的夢……幸好你吸的是赤丸的孢子，如果是墨子的，那可就慘了！」

到底會如何慘，彌助沒有問，也不敢再聽下去了！

菌菇妖怪們回去以後，千彌挨近彌助，擔心的問：「你真的沒事嗎？不用叫醫生嗎？」

「沒事啦！其實還挺舒服，有一種從來沒有過的感覺。如果是像那樣的東西，再吸一次也沒關係喔！」雖然彌助只是開玩笑，千彌卻沒有笑，他臉上寫著「絕對不行」的表情，說：「你要是這麼說，我就絕不允許菌菇僧再來托小孩了！」

「我只是說笑嘛……千哥不是說過，希望我常常笑嗎？」彌助趕緊安撫。

「這是兩回事啊！想想看，一個人沒來由的嘻嘻哈哈，從早到晚笑個不停會怎麼樣？不管我怎麼問話，你都不回答，那麼可怕的經驗，只要有一次就夠了！」千彌又開始嘀咕，說妖怪托顧所是不是該關門一陣子了！

彌助怕千彌又要重提關門的話題，只好趕緊想辦法討好他，轉移他的心思。

1 土鈴：黏土燒製的空心玩偶，裡頭有個土鈴噹，多用來祈福保身。

2

薊花妖怪的刺

菌菇僧事件之後，過了幾天，彌助又有顧客上門了。

這回來的也是初次見面的妖怪，她的身高和彌助差不多，穿著草花編織的和服，看起來挺開朗。女妖怪的皮膚是淺綠色，頭髮是像蓮花般的紫色，大概是因爲全身長滿又細又白的刺，她彷彿散發出淡淡的光芒。

她帶來的小妖怪是個男孩，長得跟母親一模一樣。母親自稱是「薊花妖怪」，她對彌助說：「今晚想請你托顧我的兒子。」

「好啊！這位就是妳的兒子？」彌助爽快答應。

「是的，他叫做青彥，明天傍晚我會來接他。對了，這個請你收下。」薊花妖怪說著，取出一個葫蘆和大布包：「葫蘆裡裝的是花蜜，要是青彥肚子餓，就請你餵他這個。布包裡是一件短袍，請你穿穿看。」

彌助穿上她遞過來的袍子，發現下襬和袖子都很長，而且袖口不知爲什麼被縫死了。不但如此，它重得完全不像一般棉袍，穿上後根本難以活動。

彌助覺得難受，忍不住哀叫出聲。沒想到，薊花妖怪卻滿意的說：「太好了！下襬長度也剛好。」

「哪裡剛好啊？重得要命又動不了，可不就像穿盔甲嘛！」彌助抱怨。

「可是，你不穿這個的話，身體可會遭殃喔！」薊花妖怪竟然說。

這時，原來悶聲不響待在一旁的

千彌，忽然探過頭來問：「妳說什麼？什麼叫做遭殃？彌助會遭到什麼傷害？」

薊花妖怪趕緊解釋：「你看我孩子身上長滿了刺，如果要抱他或是安撫他，就不能不穿上這袍子，否則抱他的人會被刺傷，變得紅通通的。」

千彌一聽，立刻就要暴跳起來，彌助急忙制止他，一邊對薊花妖怪說：「不過，只要穿上這袍子就沒事吧？」

「是的，當然！這件袍子可是做得比龜甲還堅韌哪！」薊花妖怪強調。

「那麼我們就安心了！千哥，對不對？」彌助轉頭問。

「哼……！」千彌不肯回答。

「不、不要緊的。」薊花妖怪打圓場說：「我交代青彥了，絕對不能黏在別人身上。他雖然有點愛撒嬌，倒是挺懂事的。」

「眞的嗎？彌助就算只是被一根刺傷到，我也會用毛刷把妳兒子刷得全身光溜溜，一根刺都不剩喔！到時候妳可別有意見啊！」千彌恐嚇道。

「哇、哇——！」薊花妖怪嚇得叫了起來。

彌助趕緊插嘴：「千哥，不要欺負人家嘛！薊花妖怪，我會好好照顧青彥到明天傍晚，妳就放心的把他放這兒吧！」

「非常感謝你！那麼我告辭了。青彥，你要好好聽話喔！乖啦，明天阿娘就回來了，你不要露出這種表情啊！」薊花妖怪溫柔的摸摸兒子的頭，就匆匆離開了。

大概是因爲被母親單獨留下來，青彥起初一副垂頭喪氣的樣子。彌助便把陀螺拿出來，叫他一起玩，想辦法哄他。不一會兒，青彥就不再認生了，開始纏上彌助。

由於青彥賴著要抱，彌助只好穿上那件沉重的袍子，再把他抱起來。果眞如薊花妖怪所說，青彥的刺穿不透袍子，完全傷不到彌助。

彌助抱著青彥，直到他滿意了，才把葫蘆裡的蜜餵給他喝。青彥咕嚕咕嚕喝飽了蜜，很快就沉沉入睡。

彌助一邊脫下袍子，一邊嘆道：「唉，快累死了！手臂和肩膀都痳了！」

千彌聽了馬上說：「眞可憐！你一直都努力過頭了……對了！彌助，我來抱抱你吧！這樣你應該會舒服一點？肩膀痠痛的話，我也可以幫你按摩，快過來吧！」

見千彌張開雙臂，彌助不禁倒退兩步，背後冷汗直冒，跟剛才抱小妖怪所流的汗水感覺完全不同。

「啊、不！那樣就太……我已經長這麼大了呀！」彌助支支吾吾的說。

「沒關係，你就是長得再大，我都可以抱你呀！」千彌竟然回答。

「謝謝千哥這麼疼我啦……那個，我們也該睡了，已經這麼晚，我也累了！」彌助趕緊說。

「是嗎？那我來幫你鋪床吧，你趁現在把身體擦一擦。要是不把汗擦乾就睡覺，可是會著涼的！」千彌說。

「嗯！」好不容易讓千彌打消要抱他的念頭，彌助總算鬆了一口氣。

第二天一早，彌助和千彌起床後，煮好早飯，卻見青彥還在房間角落熟睡。

「讓他繼續睡吧，否則他起床後一定又吵著要你抱啊！」千彌說。

「也是呢……對了，今天千哥要去六丁目嗎？」彌助問。

「嗯，工具店的老闆娘跟我預約了。那個阿婆血行不順，得多花點工夫按摩。今天我可能會晚一點回家，在我回來以前，你不能自己跑出去喔！」千彌鄭重叮囑。

「知道了！千哥也要小心。」彌助說。

「我不怕的，紅珠要追殺的可是你呀！就算內急，你也不要出去上廁所，還是在房間角落那個木盆裡解決吧？」

「拜託饒了我吧！」彌助無奈的說。求求老天爺，趕快逮到紅珠啊！他一面在心裡祈禱著，一面囫圇吞下雞蛋拌飯。

千彌出門後，彌助開始洗衣服。今天好不容易放晴，他就順便曬棉被。在小小的一方庭院當中，把洗淨的布巾和棉被掛滿竹竿，頓時教人心情舒爽。

彌助回到屋裡，滿意的眺望著一竹竿衣物，這時，忽然感覺腳邊碰到什麼東西。

他低頭一看，只見青彥站在那裡，正睡眼惺忪的對著自己笑：「阿娘……我要吃花蜜！」青彥一邊說，一邊抱住彌助的腳，將小臉貼了上去。

劈哩啪啦……彌助覺得腳下彷彿噴出火花，下一瞬間，整隻腳像著火般劇痛起來。他急忙把青彥拉開，卻發現右腳從膝蓋到大腿，已經插滿了無數尖細的刺。

「哇——痛、好痛……！」彌助慘叫。那不只是痛，他腿上的皮膚就像被火燙傷一般，插滿刺的部位脹得通紅，而且還愈腫愈大。

這時，青彥也嚇醒了：「彌、彌助……對、對不起！對不起啦！」

「沒、沒關係啦！」彌助拖著痛得半死的腳，直接往地上的水缸踩進去，這才稍微好過一點。

一會兒，彌助戰戰兢兢的提腳一看，卻再度大叫起來。原來他的腳已經慘不忍睹了！只見腫成紫紅色的肌膚之中，深陷著無數密密麻麻的刺尖。

彌助知道，他必須趁千彌回來以前解決腳傷。要是被千彌知道了，他一定會不分青紅皂白，就用毛刷把青彥的身體刮得一乾二淨。

於是，彌助叫哭哭啼啼的青彥幫忙，把腳上的刺一根根拔起來。雖然很費工夫，卻是唯一的辦法。他們把拔下來的刺放在一張鋪平的紙上頭，打算待會再一起拿去燒掉。

「青彥，快一點！我們得在千哥回來以前把刺全部拔掉。不要哭啦！趕快動手呀！」彌助忍著痛催促小妖怪。

「對、對不起啦！」青彥繼續哭道。

「我知道你不是故意的啦！你只是剛睡醒，糊里糊塗對不對？那也沒辦法啦！」彌助一邊安慰青彥，一邊給他打氣，手裡還得忙著拔刺。過了大約半個時辰，好不容易才把滿腳的刺拔乾淨了。

彌助在受傷的腳上抹了河童妖怪給他的藥水，幸好那藥水的效力特強，不一會刺痛和腫脹都消失得差不多了。

待會用炭火烤一片魚，把藥水的味道蓋掉，再叫青彥不要說出去，千彌就不會知道這件事了。

彌助對還在抽鼻子的小妖怪說：「聽好喔！你絕對不能跟千哥說這件事，知道嗎？」

「可、可是，是我做錯的……」青彥抽抽噎噎的說。

「我已經沒事啦！你看，紅紅的地方不是都消了嗎？所以，你就不要再說了，懂嗎？」彌助加重語氣。

「懂、懂了……那、彌助，你也不要告訴我娘好嗎？」青彥央求道。

「好！這是我們男子漢的約定。」彌助爽快的點頭，青彥才像鬆了口氣般，不再哭了。

然後，彌助就開始烤魚，想辦法把藥水的味道蓋掉。到了傍晚，他和青彥就像什麼都沒發生過似的，迎接千彌和薊花妖怪進門。

青彥平安的跟著薊花妖怪回家，千彌也完全沒有發覺這場事故。

然而，好像還有幾根漏網之刺沒拔出來。過了好些天，那幾根刺還是時不時讓彌助的腳痛一下。

3

飛黑的心思

今天還是找不到。

烏天狗飛黑重重嘆了口氣，降落在一株大杉樹的枝椏上。

「今晚就在這裡露宿！」聽到飛黑的命令，烏天狗捕快們紛紛降落在周圍的樹上。大家一句話都沒說，因爲實在是累得說不出話了。

這也難怪呀！飛黑暗想。已經超過半個月了，他們每天都在追捕逃獄的女妖紅珠。今天全隊人馬又花了一整天，把廣闊的沼澤地搜索

一遍。他們全身沾滿泥巴，還得不停披斬蘆葦才能前進，但是，依然找不到紅珠的蛛絲馬跡。

像這樣沒日沒夜的搜索，就算是勇健過人的飛黑，體力也快透支了。

因爲沒水洗澡，烏天狗們的羽毛全都沾滿汗垢和塵土，翅膀也七零八落，始終沒卸下來的甲胄和從不離手的棍棒，似乎也愈來愈沉重。連飛黑都有這種感覺，遑論其他筋疲力盡的年輕烏天狗了！

然而，誰都沒有吐出一句怨言。不是因爲他們忠於職守，而是因爲讓紅珠逃走的，是他們的烏天狗同胞風丸。

風丸曾是個內向卻認眞的青年，前途看好，飛黑也很賞識他。但是，他卻誤入歧途，身爲獄卒，竟然把重刑犯紅珠從冰柱中解放，並偷帶出去。

雖然風丸已經被紅珠殺害，但是他犯的罪並沒有消失。對向心力很強的烏天狗一族而言，同族之中出了這種罪人，可是天大的恥辱。尤其是飛黑，他的心情特別複雜。他一方面痛恨風丸，一方面卻又不得不同情他。

他先是被紅珠利用，再被當成破布般隨便捨棄。

紅珠可曾向風丸獻過一個誠心的微笑嗎？那個年輕烏天狗的愛戀之情，可曾受到一點點回報嗎？

正胡思亂想間，「老大！」一聲呼喚把飛黑拉回現實。

飛黑轉頭一看，只見一個年輕烏天狗站在旁邊。

「什麼事？」飛黑問。

「是兵糧丸，請用！」年輕烏天狗說。

「嗯，謝啦！」飛黑從對方遞上來的布袋裡，掏出幾粒兵糧丸。

其實，他已經吃得很厭了。這是一種靈藥，吞下去就能填飽肚子，但是無味無香，只感覺五臟空虛。

「等到這個任務結束，我暫時都不要再看見兵糧丸了！」飛黑咕噥著，把兵糧丸扔進嘴裡，咕嚕一口下肚。

隨後，不知是誰開始嘀咕：「我想喝味噌湯呀！」

「眞好！我還想吃糯米糰子！」

「我想吃蕎麥麵，上頭加蛋那種的。」

「還要加蔥花跟炸麵衣，堆滿在碗上。」

「還是吃飯好呀！現炊的熱騰騰白飯，要大口大口的扒。」

「做成烤飯糰也不錯！」

大家七嘴八舌，令飛黑也忍不住想著吃。他想吃的東西可多了，不過，前些天妻子萩乃煮的藥膳鍋特別好吃，如果現在吃得到，他願意用任何東西來交換啊！

不但如此，飛黑眞想見到家人。他想念萩乃、右京和左京，他們三個都好嗎？最近忽然變熱，他們沒有中暑吧？一家團圓說笑的日子，曾經是理所當然，現在卻求之不可得。比起不能洗澡或睡好覺，思念家人的心情更令他難過。

飛黑有點不甘心，斜眼望著興高采烈討論食物話題的年輕烏天狗們。要不是他們拼命談吃，也不會令他想起心愛的妻兒啊！

顯然，心裡不舒服的並不是只有他，只聽一名年長的烏天狗喝道：「不要再說啦！你們再怎麼吵吵嚷嚷，食物也不會從天上掉下來呀！這樣只是讓大家更難過罷了！」

才剛說完，大夥兒就像熱火被澆熄一般，立刻恢復安靜了。剛剛還在吵鬧的烏天狗們，一個個低下頭，又變得無精打采。

飛黑展翅飛到一群年輕的烏天狗之間，問其中一個小夥子：「嵐丸，你最近不是認識夏鷺谷的姑娘嗎？怎麼樣？處得還好嗎？」

「呃、是、是的！」突然被飛黑指名發問，嵐丸一下子跳起來：「這、這個……我們的個性滿相投……對了，她好像也對我印象不錯……」

「那不是很好嗎？」飛黑點頭。

「也不是那麼說……」嵐丸一副懊悔的表情：「後來，我約她一起出去玩，可是，究竟要去哪裡，卻遲遲無法決定。我們還在商量的時候，就發生這個逃獄事件了……」

「意思是……你有約她，卻哪裡都還沒去？」飛黑問。

「不過，我有給她寫信！幾乎每天都寫。可是……她雖然有回信，卻好像不太關心我。剛開始，她還會說我眞辛苦，要我注意身體等等，回我一堆溫柔的話哪！」嵐丸似乎有些無奈。

「莫非……你老是寫今天過得多糟糕，今天又碰見什麼壞事，快累死了等等，光是抱怨一堆嗎？」飛黑又問。

嵐丸啞口無言。

「唉呀！你只會埋怨自己的遭遇，難怪她會對你失去興趣啊！」

飛黑搖頭嘆道。

嵐丸聽了，忽然湧出兩泡眼淚，大叫：「我、我不知道該怎麼辦呀！我以前從來沒跟年輕姑娘說過話呀！到底該怎麼跟她交往，我是一竅不通啊！」

見嵐丸一副求救無門的表情，其他烏天狗大概也有同樣的煩惱，都一齊盯著飛黑。其中一個問：「如果是老大，會寫什麼樣的信呢？」

「我嗎？要是我，我會先關心對方，問她好不好啊？這麼熱的天，身體有沒有失調啊？問她喜歡吃什麼也可以。只要問出她喜歡的水果，就說下次會帶許多去陪她吃……」飛黑回想他和萩乃交往的經過，就滔滔不絕的說出來了。

哦——！只聽周圍響起一陣讚嘆聲，甚至有烏天狗掏出紙來筆記。

但是，嵐丸卻更沮喪了：「不、不行啊！我不會……不會像老大那麼貼心哪！」

見嵐丸垂頭喪氣，飛黑溫和的拍拍他的肩膀，說：「不要想得那麼難嘛！我並沒有教你去做勉強不得的事啊！你只要把自己關心對方的心意，誠懇表達就對了。如果對方嫌你做得還不夠，那就是你們倆沒緣分，放棄這段感情就罷了！」

「我、我可不想放棄追緋菜小姐啊！」嵐丸急著搖頭。

「那麼，你就把自己的感情誠心誠意的寫進信裡，告訴她你現在有重大任務在身，不能去看她，但是只要任務結束，一定會第一個去找她。」飛黑不厭其煩的說。

「原、原來如此，我懂了！」嵐丸這才開懷。

「對了，等這個任務結束，你可以帶緋菜小姐去青姬川岸遊覽。

鬼螢飛舞的季節就快到了，那種景色是女孩子最喜歡的，一定會成功！」飛黑拍腿提議。

「眞、眞的嗎？」嵐丸很驚喜。

「當然是眞的！我曾經惹怒交往的女友，她好多天都不跟我說話。我著急得不得了，最後想到帶她去河邊看鬼螢，設法討她的歡心。」飛黑笑說。

其實，事情經過有點不一樣。飛黑並沒有惹怒對方，而是對方自己意氣消沉。

「請讓我當你的妻子。」主動送上門的華蛇族萩乃，是個從沒碰過家事的大千金。她既會唱歌又善彈琴，卻連一鍋飯都煮不出來，也不懂得如何生火燒洗澡水。萩乃自己覺得非常羞愧，既不肯說話也不肯吃飯。

飛黑想起那時候，他眞是著急得很啊！這時，嵐丸卻緊追著問：

「那、那您怎麼哄她呢？」

「嗯，當她看見無數的鬼螢在四周飛舞，高興極了，情不自禁的笑起來。她的笑容實在太美了，我忍不住脫口而出，跟她說從今以後，希望每年都和妳一起來看這些鬼螢。然後，我就得到一個妻子了！」

飛黑有點不好意思的笑道。

「哇哇哇——！」周圍響起比剛才更大的歡呼聲。

飛黑環顧一圈興奮得眼睛發亮的烏天狗們，正色道：「所以說，我們一定要趕快完成任務！如果不早點逮到紅珠，鬼螢的季節就過了。讓女孩子乾等，可是丟我們男兒的臉啊！爲了不讓姑娘們失望，大家得一鼓作氣抓到逃犯哪！」

「當、當然了！」

「一定抓給大家看！」

「那、還有其他約會的好地方嗎？」

「我知道的可多啦！等你們抓到紅珠，我就告訴你們！」飛黑大聲吆喝。

「耶耶——！」一群小夥子又歡呼起來。

「差不多該睡了！」飛黑把這群恢復精神的年輕烏天狗趕去睡覺，然後展翅回到他原來的枝幹上。

然而，他卻怎麼都睡不著。他的身體非常疲倦，但是紅珠和風丸的事卻浮上心頭，令他思緒翻騰。

月夜王公現在怎麼樣呢？飛黑掛念著，同時，回憶也一一湧現。

月夜王公剛到妖怪奉行所赴任時，飛黑只當他是「光擁有強大法力，卻盛氣凌人的小夥子」。

當妖怪界發生大事的時候，月夜王公是很有指揮能力，只是，平常的他卻一貫我行我素。他從不告訴別人自己在想什麼，有時忽然一聲令下，部屬都摸不著頭腦，大家亂成一團。還有妖怪私下議論，說他是爲了追捕仇敵白嵐，才接受奉行所長的職位。

事實上，月夜王公的確把追捕白嵐當作第一要務。每個月有三次，他會集合所有的烏天狗，一起去搜索白嵐的下落。

當時，飛黑對此非常不滿。他以爲奉行所長是要爲弱小妖怪伸張正義和維護權利，而不是爲了一己之仇，把烏天狗當作私用，這是絕對不行的。

其他烏天狗也很生氣，大家對搜捕白嵐都提不起勁。月夜王公對這些不聽話的屬下十分不滿，個性越發鑽牛角尖，稍有點事就火氣暴發。

就這樣，月夜王公和烏天狗們之間的嫌隙，隨著時日推移，愈來愈深。

飛黑自忖，他再也不能效忠月夜王公了。於是他考慮去向統領妖怪界的五大長老告發。

然而就在那時候，發生了一連串大事。月夜王公的姊姊因難產而亡故，緊接著，失蹤多時的白嵐突然出現，並襲擊月夜王公。

飛黑得到消息，匆忙往月夜王公的宮殿奔去。到了現場，只見半邊臉沾滿血的月夜王公站在那裡。

「您受、受傷了嗎？」飛黑擔心的問。

月夜王公用冰冷無比的聲音回答：「沒什麼大不了。雖然受點傷，但總算逮到白嵐了。」

「我給您止血……」飛黑又說。

「不用！」月夜王公低喝一聲，令飛黑十分失望。

我再也不要關心這王爺了！飛黑暗下決心。他環視周遭，問：「白嵐呢？送去奉行所了嗎？」

「不，吾把他下放到人間界了！」月夜王公答道。

「欸？」飛黑嚇一跳。

「他再也回不了妖怪界，因爲吾把他的眼珠挖掉了。一眼魔獸的惡行，就到此爲止吧！」月夜王公說。只見在他手裡，果然抓著一顆銀色的大珠子。

飛黑盯著他，小心翼翼的問：「您自己就把他裁奪了？沒有任何烏天狗在場嗎？」

「是又怎麼樣？烏天狗一幫沒權力干涉吾做的事，別在這礙吾的眼！下去！」月夜王公伸手一揮，令飛黑不自禁閉上眼睛。

夠了！這個妖怪沒資格當奉行所之長。即使是痛恨的仇敵，也不能私下裁判，何況還毫無悔意。飛黑再也忍無可忍，決定去向妖怪長老告狀。如果他們不把月夜王公免職，他就打算自己辭職離開奉行所。

接下來的幾天，飛黑將他對月夜王公的不滿和各方的陳訴，一一寫進告發狀。不過，就在他完成告發狀那天，又發生了一件驚天大案。

月夜王公的父母被殺了！殺害他們的是王妖狐族的紅珠。

飛黑忘了他曾經決心不再搭理月夜王公，立刻又往宮殿急急飛去。

當他到達現場，只見寬廣的起居間遍布血跡。雖然遺體已經被抬走了，殺人的女妖卻被五花大綁，留在原地。

即使渾身浴血，那個女妖依然美得驚人。她那雙盯著月夜王公的紅色眼珠，燃燒著火焰般的熱情。

她怎麼能……？

「恐怖的魔女……」月夜王公低語。飛黑差點就點頭應和。

這女妖身上濺滿月夜王公父母的鮮血，爲什麼還能用這樣的眼神盯著他們的兒子？身處這般悽慘絕倫的場面，爲什麼她還能面帶微笑？飛黑不了解，也不想了解。

這時，月夜王公轉向飛黑，冷冷的說：「吾打算把這女妖……處以冰凍之刑！」

「難道不更應當判處死罪嗎？她是殺害您父母的極惡之妖啊！」飛黑忍不住說。

「若是取她性命，一切不過就此了結而已，像這樣的魔女……應該永遠讓她受冰凍之苦！」

飛黑想了想，覺得沒錯，便點頭道：「遵命！」

就這樣，紅珠被月夜王公永遠封印在藍色的冰塊之中。當她受刑時，臉上還帶著喜悅的微笑，那情景令飛黑打從心底感到恐懼。

行刑之後，飛黑吩咐手下，將封著紅珠的冰塊運進冰牢裡。

當他回到宮殿，只見月夜王公癱坐在廊簷下，怔怔的望著中庭。

「月夜王公……」飛黑輕聲呼喚。

月夜王公回過頭來，眼神一片空茫：「只剩吾一個人了！」他喃喃自語的神情，就像個無依無靠的幼兒般令人痛惜。

這位年輕王爺在極短的時間內，接連失去姊姊和雙親。忽然，飛黑心中湧起無盡的哀憐。

「您怎麼這麼說呢？」他回過神來，發現自己握著月夜王公的手：「您還有津弓少爺啊！聽說他是妖氣相剋的孩子，如果連身爲舅父的您都不守護他，還有誰能照顧那孩子呢？」

「津弓……」月夜王公喃喃說。

「何況，您的身邊還有我們。我們一定會助您一臂之力！」話才說完，飛黑就後悔了。

眼前可是心高氣傲的月夜王公，若是說了冒犯他的話，肯定會惹來一頓暴怒，甚至在最糟的情況下，自己的佩刀可能還會被奪去。一想到這，飛黑不禁改採防禦姿勢。

沒想到，事情並不如他所料。只見月夜王公微微顫抖，用力反握

飛黑的手：「吾可以……信賴你嗎？」

「請儘管吩咐在下！」飛黑緊緊握住月夜王公的雙手，用力點頭：「但是，像上次對白嵐那樣擅自裁奪之舉，希望不要再有第二回。無論如何，一定要有烏天狗同席見證才行。」

「知道了……那麼，你可不要離開吾啊！」月夜王公低聲說。

從那天以後，飛黑就變成月夜王公最忠實的貼身部下。

月夜王公也有所改變。大概是因爲坦露過自己軟弱的一面，心裡輕鬆不少，往後，他就只會對飛黑說出內心的話。

飛黑總是先揣摩月夜王公的想法，再傳達給其他烏天狗。同時，他也會把烏天狗們的想法和不滿之處，一一向月夜王公報告。爲了讓奉行所順利運作，飛黑可說是費盡心思。

拜他的努力所賜，現在月夜王公和烏天狗們互相信賴，團結一心共同行動。

若不是發生那件紅珠的大案，現在又會怎麼樣呢？月夜王公像孩子般無助的一面，可能到現在都還不會顯露吧？

雖然心裡這麼想，但是飛黑當然不會感謝紅珠。那個女妖奪走月夜王公生命中的許多至寶，他絕不會讓她再次得逞，絕對不允許！

必須早點逮到那女妖啊！飛黑悶悶的想。不知過了多久，才矇矓睡去。

4 雲外鏡

梅雨季告一段落，夏天就要來臨了。

這天，一個從未見過的妖怪，來到太鼓長屋找彌助。

那妖怪長得很奇特，他的身體是面很大的圓鏡，鏡框邊緣長出細細的四肢。因爲沒有頭，五官就直接浮現在鏡面中，容貌是個留鬍子的老公公。

鏡子妖怪有點性急的說：「俺是鏡子妖怪一族的長老，名叫雲外

鏡。老婆最近有事回娘家，把孫子託給俺帶，俺不習慣照顧小孩，一不小心就讓他長出一堆鏽斑。俺明天晚上會來接他，你就給他想想辦法吧！」雲外鏡說完，就側過身，讓彌助見躲在後頭的孫子。

他的孫子長得跟爺爺一模一樣，不過身材只有手鏡那麼大。只見灰濛濛的鏡面當中，浮出一個四歲上下的小男孩臉孔，然而鏡子背後，卻爬滿青綠色的銅鏽。

「這可眞糟糕……不過您要我想辦法，是要怎麼辦啊？」彌助皺起眉頭。

「你就用沾油的布幫他磨乾淨吧！那麼拜託啦！」雲外鏡說完，就匆匆離開了。

彌助輕輕舉起被留下的鏡子小妖，不過是這麼一個動作，他的手上立刻沾滿了青色的鏽粉。

「這太嚴重了！等一下，我馬上把你擦乾淨喔！」彌助趕緊說。

大概是因爲被寄託給陌生人，鏡子小妖看起來有點認生，不過當彌助問他的名字時，他小聲回答叫做「胡雲」。

「那……胡雲，我現在就把你背上的鏽磨一磨，如果覺得痛，要馬上跟我說喔！」彌助叮囑道。

「嗯……」胡雲點頭。

於是，彌助用沾了丁香油的布，開始輕輕摩擦胡雲的背部。只見鏽粉不斷剝落，飄散在空中，害彌助不停打噴嚏。

「你怎麼會長這麼多鏽啊？」彌助忍不住問。

「我被阿公……處罰了！」胡雲委屈的說。

「被處罰？哦，那你一定是做什麼壞事了？」彌助苦笑。

「我沒有！」胡雲忽然大聲嚷起來，令彌助嚇一大跳。

「我什麼壞事都沒做！好好的卻……忽然被阿公修理了！阿公的眼睛忽然變紅，然後罵我是混蛋，用、用他平常不會說的髒話罵我一頓，最後……還把我抓起來，扔、扔進裝鹽水的大水缸裡！」胡雲哭喪著臉說，阿公當時好像忽然清醒，匆匆忙忙把他從水缸裡撈出來，再爲他擦乾身體，可是已經來不及了，胡雲的身上沒一會就布滿銅鏽。

聽了這段可怕的遭遇，彌助不禁停下動作，問道：「你……有沒有告訴別人這件事呢？」

「沒、沒有。」胡雲回答。

「你還是……說一下比較好吧？對了，可以跟你阿媽說，你阿媽一定會好好教訓阿公一頓！」彌助教他。

可是，胡雲卻噙著淚搖頭道：「阿公以前好疼我，我不想看他被阿媽罵呀！」

不過，彌助還是打定主意，無論如何，他都不能把胡雲還給雲外鏡。

他爲胡雲磨乾淨身上的鏽，再把他哄睡後，才向千彌說出自己的打算。千彌聽完，點頭道：「那傢伙這樣虐待自己的孫子，的確不可信賴！明天他來了，就由我出去對付他。我絕不會讓他踏進這個家一步！」

第二天晚上，千彌果眞對來接孫子的雲外鏡非常不客氣。

他連門都不肯打開，只是不屑的說了句：「回去！」

雲外鏡似乎吃了一驚，回道：「回去？你對來接寶貝孫子的老妖怪，居然是這種態度嗎？」

「你對寶貝孫子幹了什麼好事？你不是莫名其妙亂罵他，再把他扔進鹽水缸裡嗎？」千彌嚴厲的問。

「俺、俺是……」雲外鏡好像有點心神不穩，扯著尖細的嗓音哀叫：「你要相信俺呀！那、那不是俺幹的呀！俺從來沒想過……修理寶貝孫子呀！可是那時候，俺不知怎麼搞的……就動手了！俺絕對不會再犯了！拜託相信俺呀！」

「抱歉，我不能相信！」千彌依舊不為所動。

「你眞是……胡雲，是阿公呀！你在裡頭嗎？對不住啊！是俺不好啦！你要原諒阿公，趕快出來呀！」雲外鏡對著屋裡喊。

「阿公！」胡雲聽了，就要往外衝，卻被彌助一把抓住，不放他出去。雖然胡雲挺可憐，不過現在就是不能讓他回去。

只聽千彌的聲音更冷淡了：「總之，我們現在不能把孫子交給你。如果要帶他回去，就叫你老婆來接。話就到此為止吧！」

「等、等等啊！」雲外鏡還不死心。

「夠了，快給我回去！」千彌斥道。

雲外鏡吃了閉門羹，依然不肯離開，只是嗚嗚哭泣。但是無論他怎麼哭怎麼叫，也叫不開千彌的門，自己又穿不過強韌的結界。最後，屋外不再有任何聲息。

「好狠哪！阿公太可憐、太可憐了！」見胡雲哭得雙眼紅腫，彌助誠懇的看著他說：「對不住，可是現在非這樣不可。我們是為你好啊！」

「我不要！彌助最討厭了！」胡雲哭著往門口跑去，彌助急忙把他抓回來，但是不管怎麼安撫，他卻只是拳打腳踢奮力抵抗。

最後，彌助實在沒辦法，只好把胡雲關進箱子裡。

屋裡一下子安靜下來，彌助忽然覺得好累，嘆口氣說：「我……是不是做錯了？」

「怎麼會？彌助做的事不會錯，絕對不會的。」千彌斬釘截鐵的回道。

「呵呵……」彌助苦笑，往一旁的水缸走去，打算喝口水。

忽然，門又被敲響了，外頭傳來一個女人的聲音：「有人在嗎？我是玉雪。」

「哦，原來是玉雪姊！」確認不是雲外鏡又回來糾纏，彌助這才鬆一口氣。

玉雪是個兔子女妖，晚上經常來幫彌助照顧小妖怪。對彌助而言，她就像個溫柔的大姊姊。

彌助馬上去開門，只見玉雪就站在外頭。她長得矮矮胖胖，後腦勺掛著一個黑兔面具，身穿黑底繡白色和紫色藤花紋樣的和服。

「晚安！彌助、千彌，好久不見了！」玉雪高興的微笑。彌助一看見她，胸口不禁揪了一下。

上次紅珠襲擊太鼓長屋的時候，玉雪爲了救彌助，受了好重的傷。當時那淌了一地的殷紅鮮血，還有強烈刺鼻的血腥味，至今仍深深烙印在彌助心裡。

彌助輕輕牽起玉雪的手。

「彌助，怎麼了？」玉雪不明所以。

「那時候的傷……都好了嗎？」彌助問。

「嗯，完全好了！」玉雪開朗的笑道：「月夜王公用法術治好我，爲了確實痊癒，我自己又塗了許多河童的藥膏。倒不如說，眞正辛苦的是要把這件衣服修補好哪！」

「啊，這件衣服眞的是……」彌助這才發現，當時玉雪身上被撕破又染滿鮮血的衣服，現在卻變得乾淨完整，簡直像新的一般。

「修補得眞好啊！」彌助讚嘆。

「是啊，花了我好多工夫。」玉雪說，她先把血跡慢慢吸除，再將破掉的地方仔細縫合，結果費了好一段時間，直到現在才能出門。

「原來如此……我好擔心哪！怕妳是不是傷口化膿……要是爲了我，害妳死掉該怎麼辦哪！」彌助吞吞吐吐的說。

「如果能守護你，不管遭遇幾次凶險，我都會做同樣的事。我太喜歡彌助了！」玉雪毫不遲疑的說。

「告訴妳，我對彌助用的心可是比妳更多！」千彌大概吃醋了，一副不悅的樣子：「玉雪，妳要想進門，就快點進來！彌助，你不是說要喝水嗎？」

「啊，差點忘了！」彌助想起他原來要喝水，便再度走向水缸。

當他掀起蓋子，正要舀水的時候，忽然，水中發出青白色鬼火般的閃光，接著水面浮出一張布滿皺紋的臉。

是雲外鏡！

彌助本能的要往後仰，水花卻噴濺起來，裡頭伸出一隻纖細卻有力的手臂，一把抓住他的手腕。彌助無法抵抗，瞬間就被拖進水缸裡了！

雲外鏡用細長的四肢將彌助從背後纏住，往幽暗的水裡沉去。他們不停往下沉，卻不見水缸底，而無論彌助怎麼掙扎，也碰不到水缸邊緣。

奇怪，他們不是在水缸裡嗎？這麼深又這麼黑，怎麼可能……？

彌助正想不通，卻聽到雲外鏡尖聲大笑起來：「俺可是鏡子妖怪，鏡子就跟門一樣，只要有鏡子就哪裡都能去，哪裡都可以當作門咧！現在，這缸水就是鏡子。喀喀！把俺的孫子還來！還來呀！不然你就給我死！去死吧！你這小鬼頭！喀喀！」

彌助抬起手肘，往背後高聲邪笑的雲外鏡猛力一撞。只聽「劈啪」一聲，伴隨著雲外鏡的哀號，鏡面出現小小的裂痕。

彌助趁機掙扎，終於擺脫雲外鏡的糾纏。但是這時候，他已經憋不住氣了，嘴邊開始冒出許多泡泡，下一瞬間，大量冰水一口氣灌進喉嚨。

「千哥！」眼看彌助就要溺斃了，這時，雲外鏡再度漂了過來，只見圓圓的鏡面中，浮出老翁的笑臉。他原來的面貌十分端正，現在卻像惡鬼一般扭曲。那雙眼睛尤其恐怖，宛如鮮血似的燒得火紅。

一看見那雙眼睛，彌助猛然想起另一個妖怪。

是紅珠！那個女妖的眼睛也是這個顏色。

咕嚕咕嚕……彌助吐出最後的氣泡，就這樣墜入黑暗的深淵。

他不知道在黑暗中待了多久，但是，遠處漸漸傳來別的聲音。似乎有誰在小聲哀號，還有一個人在怒吼：「你這混蛋、混蛋！」伴隨著捶打什麼的聲響。

接著，另一個聲音說：「千彌，已經夠了！再這樣下去，他會被你打死啊！」

「管他的！憑什麼這傢伙活著，彌助卻得死？……混蛋！混蛋！」怒吼的人看來沒打算停手。

「哎喲！求求你，饒了俺哪！」一個蒼老的聲音哀叫。

「誰要饒你？混蛋！」這時，只聽好大的「啪啦」一聲，接著，彌助終於睜開眼睛。在他眼前，是熟悉的老舊天井和玉雪焦急的臉龐。

「啊，他醒了！千彌，彌助醒了！」玉雪大喊。

「彌助！」千彌立刻衝過來，抓住彌助的手，撫摸他還溼漉漉的頭髮，大叫：「你不要緊嗎？彌助，你可以說話嗎？」

「千、千哥……」彌助勉強出聲。

「呃，你是喉嚨疼？還是胸痛？對不住，剛才壓你的胸膛太用力了！可是我得讓你把水吐出來呀！啊，總之太、太好了！」千彌激動的說。

「眞是太好了！太好了！」玉雪也嗚咽著，不斷點頭：「你從水裡出來的時候，臉色鐵青，連氣息都沒有！是千彌用力讓你把水吐出來，你才開始呼氣。唉、唉，實在太好了！」

「讓你們擔、擔心了！是千哥和玉雪姊救我的嗎？」彌助斷斷續續的問。

「不……是這傢伙救你的！」千彌伸手一指，只見那兒坐著一隻跟狼差不多大的紅色巨犬，正不動如山的望向這邊，神情剽悍，不停搖著尾巴。

「狗？」彌助完全摸不著頭腦。

「牠是付喪神朱狛[2]。我前幾天不是給你一個土鈴嗎？這傢伙就是它的化身。」千彌說。

「咦？原來牠是付喪神[3]啊？」彌助嚇一跳。

「沒錯，是我從十郎那兒借來的。」千彌說。

媒人公十郎是專門蒐集付喪神的妖怪。他行腳各地，只要發現付喪神，就爲它找新的主人。換言之，這份工作就是撮合付喪神和人類，幫他們結緣。

千彌當時就是去找十郎，問他：「有沒有可以當保鑣的付喪神？」

「十郎說，這隻朱狛很管用。聽說牠雖然常打瞌睡，卻很有力氣，我就把牠借來了……可是，這傢伙實在太貪睡了！彌助都快溺死了牠才發現！你本來可以早點獲救啊！」千彌忿忿的說。

只見那紅狗慚愧的低下頭，忽然咻——的快速縮小，最後又變回小巧的土鈴模樣，滾落在地。

「哼，看我下次跟十郎告狀！」千彌的氣還沒消。

彌助趕緊安撫道：「不用啦……既然牠救了我，就不要向十郎說什麼了吧！」

「彌助真是個善良的孩子啊！不過，救你的不只是朱狛……把你從水裡拖上來的，是那個老混蛋啦！」千彌鐵著臉，往旁邊一指。

只見雲外鏡躺在地上，全身破破爛爛，鏡面也支離破碎。一看就知道，他被千彌揍得很慘。

雖然雲外鏡從鏡面中浮出來的臉青一塊紫一塊，但是當他察覺彌助的目光，便露出虛弱的微笑：「哦……彌助你沒事，太好了！」

「你還有臉說這種話？」眼見千彌又要起身動粗，彌助趕緊拉住他：「千哥，等等，你讓他說嘛！」

彌助從被窩裡爬起來，面對雲外鏡。眼前這個老妖怪看起來慘兮兮，不過，鏡子裡的眼睛已不再是血紅色。

「雲外鏡……你還記得剛才想殺我嗎？」彌助問。

雲外鏡沉默不語。

「那你爲什麼又救了我呢？」彌助再問。

雲外鏡無力的說，他也不知道爲什麼：「俺、俺也不懂啦！俺作了一個夢，夢見自己變成別人，也不知道是誰。那個人快樂的玩弄彌助，忽然一隻紅狗出現，往那人的手臂咬下去，結果俺的手臂痛死了！然後俺就醒了！醒來就看到你快溺死了，正在不停掙扎呀！」所以，雲外鏡說他急忙抓住彌助，往水面浮上來。

「你們一定要相信俺哪！俺一點都沒有殺害彌助的意思呀！你們不把孫子還給俺，俺是很生氣沒錯，但是再怎麼樣，俺也不會殺害彌助呀！求求你們相信俺呀！」雲外鏡哀求道。

聽著雲外鏡苦苦求饒，千彌卻只是鄙夷的說：「誰要相信你！」

接著他轉頭對彌助說：「彌助，可以了吧？我們就把這老傢伙交給烏天狗，請妖怪奉行所好好教訓他一頓！玉雪，妳去叫守在外頭的烏天狗進來！」

「好的。」玉雪正要出去，卻被彌助叫住：「玉雪姊，等一下！千哥也等等。現在還不能叫烏天狗，我們得先找誰來幫他解除咒語啊！」

「你在說什麼？」千彌不懂。

「雲外鏡大概是被下了咒……被紅珠下的。」話一出口，屋裡登時鴉雀無聲。

不僅是千彌和玉雪，就連雲外鏡也噤聲了。彌助繼續說：「雲外鏡攻擊我的時候，我看見他眼睛是血紅的。那顏色……跟紅珠的眼睛一模一樣啊！」

還是一片沉默。

彌助又說：「雲外鏡虐待胡雲，應該也是因爲被紅珠附身，藉他的身體作惡。胡雲說，那時候阿公的眼睛是血紅的。」

「紅、紅珠不是那個逃獄的女妖嗎？俺怎麼會被她施妖術呢？不可能！俺一點都不記得呀！」雲外鏡慌亂的說。

千彌冷冷道：「傻瓜！你被施了妖術，怎麼會記得呢？難道你對孫子和彌助幹壞事的時候，腦筋是清楚的嗎？」

「不、不……！」雲外鏡急忙搖頭。千彌不再理他，轉頭對玉雪說：「麻煩妳跑妖怪奉行所一趟，去跟月夜王公稟報這件事，請他過來。那傢伙最懂妖術，如果真是紅珠幹的，同為王妖狐族出身，他應該會馬上知道吧！」

「是……原來如此。」玉雪點頭。

千彌又說：「還有，月夜王公最擅長解除咒語。妳就跟他說，只要破除雲外鏡身上的咒，也許能發現紅珠的蹤跡，這樣他就會樂意過來了。那麼玉雪，拜託妳了！」

「好的。」玉雪消失後，千彌平靜的對雲外鏡說：「等你身上的咒解除，我就把孫子還你，讓你帶他回家。如果能確定你不會再傷害別人，你自己也會安心點吧？」

「嗚、嗚嗚……」雲外鏡開始啜泣。

千彌回到彌助身邊，說：「那麼，接下來的事就交給我和玉雪，你睡一下吧！」

「知道了！」彌助乖乖躺回被窩裡，睡意立刻來襲。然而，在即將睡著的前一刻，卻依稀聽到千彌喃喃自語著：「對了，月夜王公要是來了……還得再拜託他一件事啊！」

彌助沒來得及聽清楚千彌在說什麼，便沉入夢鄉。

夢中，四周出現許多紅色的眼睛，每一隻都狠狠瞪著彌助，發出尖銳的聲音，不停咒罵。無論彌助多麼想逃走，卻無處可逃。他像個孩子般渾身發抖，最後大哭大叫起來。

可是，儘管夢見這麼可怕的情景，當彌助醒來的時候，卻一點也不記得作過這個惡夢了。

2 狛：狛犬是日本自古相傳的靈獸，有驅邪的能力。

3 付喪神：一種日本的妖怪傳說，又名「九十九神」。相傳器物放置一百年，吸收天地精華或感受到怨念、佛性、靈力後，會得到靈魂並化成妖怪，概念類似「成精」。

5

彌助遇襲

那一天，許久不見的太鼓長屋房東的兒子久藏，來找彌助和千彌。

他捧著一盒糯米糰子，大刺刺的拉開彌助家的門，喊道：「喂——打擾了！阿千、小狸助在家嗎？久藏大爺駕到了！」

千彌不在，只有彌助一人看家。他看起來很沒精神，伸直腿坐在裡邊的榻榻米上，見到久藏進來，露出不悅的表情：「是久藏？你來幹什麼啊？」

「怎麼有人是這樣打招呼的？只有你在家嗎？阿千呢？」久藏嘻皮笑臉的問。

「千哥暫時不會回來，他去幫人按摩了！」彌助說。

「哦，好無聊！我還想看看那張久違的傻臉哪……對了，聽說有誰在追殺你啊？」久藏忽然問。

彌助嚇一跳，反問：「你、你怎麼知道？」

「玉雪說的啊！她昨天來我家，告訴我們許多事。她說自己最近都進不了長屋，一直在嘆氣哪！」久藏說。

彌助沒有答腔。

久藏知道彌助和千彌與妖怪們往來的事，而他自己也是娶妖怪爲妻的人類男子。

彌助搔搔臉頰，問：「玉雪姊……她在嘆氣嗎？」

「不只是嘆氣，她哭得可慘呢！玉雪說她都見不到彌助了，奇怪，那我爲什麼這麼簡單就進來了？這裡阻擋妖怪的結界[4]，是有那麼強嗎？」久藏好奇的問。

「好像是啦！」彌助鬱鬱寡歡的點頭。

自從上次雲外鏡偷襲事件後，千彌對妖怪的警戒心似乎達到頂點。他請月夜王公親自前來，加強長屋結界的保護力。

一開始，月夜王公不太高興：「要讓所有妖怪都無法進來嗎？一旦如此，就連守在外頭的烏天狗也進不來，萬一屋裡發生什麼事，他們救不了彌助，該怎麼辦？」

千彌堅持道：「不要緊！總之除了我以外，不能讓任何妖怪接近彌助，否則我絕對不會安心！」

「這……」月夜王公還在考慮。

「如果換成是津弓……你會怎麼做？」千彌知道月夜王公最大的弱點，就是他的甥兒津弓，那是他視如生命的心肝寶貝。

千彌繼續說：「如果現在有危險的不是彌助而是津弓，你一定會馬上把結界變成銅牆鐵壁吧？你現在也是把津弓關在安全的結界裡吧？」

「當然了！直到紅珠被捕以前，吾絕對不會讓津弓外出一步。這回無論津弓怎麼哭怎麼鬧，吾都不會屈服的。」月夜王公斷然道。

「眞令人羨慕啊……」千彌嫉妒似的低嘆：「可悲的是，我現在已經沒有那樣的法力……所以才來拜託你呀！拜託啦！」

「這……好吧！既然你都這麼說，吾就聽你的吧！」於是，月夜王公做了一道比先前不知堅固多少倍的結界，將整幢長屋包圍起來。

那天以後，再也沒有妖怪上門了。換句話說，彌助的妖怪托顧所暫時歇業了。

這也是無可奈何的，彌助對此毫無怨言。但是，儘管結界已經被強化，千彌卻完全沒有放心的樣子。他不肯讓彌助去外頭上廁所，要他用家裡的木盆解決，令彌助好不苦惱。

久藏見彌助頹喪的模樣，知道他心裡不滿，有感而發的說：「父母疼孩子過了頭就是這樣，說什麼都聽不進去呀……來，吃點糯米糰子，消消氣吧！可惜見不到阿千，我本來是想跟他說，好歹也讓玉雪自由出入呀！沒辦法，既然阿千不在，我就回去了！」

久藏正要站起來，彌助卻瞪大眼說：「你要回家了？」

「怎麼啦?你希望我留下來嗎?」久藏笑道。

「才不是……我只是覺得,這不像平常的你呀!」如果是以前的久藏,一定會找藉口賴在這裡,跟彌助開玩笑,惹他生氣,最後還不客氣的留下來吃飯。

只見久藏笑容滿面,對一臉訝異的彌助說:「嘿嘿,初音的肚子已經好大,如果早產一點,隨時都可能要生了。我當然想待在她身邊嘍!」

久藏喜形於色的說,他連孩子的名字都想好了:「我想到好多個,都不知該怎麼決定。你覺得怎麼樣?是要叫久太、初太郎、千吉還是彌一呢?我現在覺得叫初太郎挺不錯。」

「你怎麼……光是取男生的名字呀?」彌助無奈的問。

「因爲初音會生兒子啊！」久藏篤定的說：「你還記得吧？我曾經幫棄貓找到飼主，賣了人情給妖貓公主。所以，我要求的回報就是要生兒子，妖貓公主應該有接到我的傳話。」

彌助不知該如何回答。

久藏這麼一心一意想要男孩，並不是爲了傳宗接代，而只是怕女兒長得太可愛。可愛的女兒總有一天就會嫁人，從自己掌心飛出去。久藏一想到那畫面，就忍不住要哭，所以拼命祈禱生男孩。

彌助翻了個白眼，瞪著久藏道：「你該不會跟初音公主說，你不要女孩吧？」

「笨蛋！我怎麼會跟老婆說那種話呀？你這小鬼眞不懂事，到現在還不知道我是有分寸的。」久藏不滿的說。

「你的事我才懶得懂！你要回去就快回去啦！」彌助頂嘴道。

「這就回去啦，這小鬼真是……哼！」久藏邊罵邊出去了。

他離開以後，屋裡一下子安靜下來。

「那傢伙真吵，這樣怎麼能當父親呀？」彌助暗自嘲諷，表情卻有點失落。雖然他絕對不肯承認，但是久藏不在，確實是更寂寞了。

「討厭！月夜王公他們怎麼不趕快抓到紅珠啊？」彌助一邊抱怨，一邊準備上床打盹。

就在這時，大門被輕輕拉開了。

彌助回頭一看，只見一名個子高大的男人站在門口，他的目光朝向屋內，伸手把背後的門輕輕帶上。

彌助認識那個男人，不禁鬆一口氣：「原來是三次啊！」

那人是開薪柴店的三次，住在對面長屋。他大約二十出頭，每天背著很重的薪柴到處賣，體格練得很壯，手臂足足有彌助的大腿兩倍粗。

「怎麼啦？你又扭到手腕了？是要找千哥給你針灸嗎？很不巧，千哥晚一點才會回來啊！」彌助招呼道。

「呃……是嗎？那太可惜了！」三次說著，往前一步，靠近彌助。

他的眼神很奇怪，臉上毫無表情。

彌助開始感覺不對勁，下一瞬間，三次就撲上來了！

當彌助反應過來，已經被三次壓在地上，緊緊掐住喉嚨。三次不斷使力，他粗大的手指深深陷進彌助的喉頭，彌助張口哀號，卻叫不出聲。他完全無法呼吸，只能「咯、咯……」勉強呻吟。

「對不住，可是沒辦法！對、對不住啊！」三次不斷道歉，手上

的力道卻絲毫沒鬆懈，他的眼睛充血，布滿殺氣。

忽然，彌助懷裡滾出了一個小狗土鈴。那土鈴迅速變成一隻紅色大狗，一面咆哮，一面往三次的手臂咬下去。

「哇——！」三次不禁連連後退。彌助感覺喉頭力道一鬆，趕緊拼命吸氣。

總之得快點逃出去，逃到街口向巡邏的官差求救。

然而，三次和紅狗朱狛擋在門口，正鬥得你死我活，彌助根本無法通過，只能站在原地。

就在這時，朱狛再次咬住三次的手臂。三次高聲慘叫：「你這畜生！別擋路！」接著，他高高舉起咬著自己不放的朱狛，往一旁牆壁猛力摔去。

只聽「啪啦」一聲，紅狗消失了！伴隨一陣細碎聲響，地上出現一些紅土的碎片。

彌助不禁大叫：「朱狛！」

另一頭，三次顯得莫名其妙，自言自語道：「那、那是什麼東西？

剛才的狗……」他一邊呼呼喘氣，一邊怔怔的看著彌助，眼裡很快又充滿了殺氣。

這人是在幹什麼？彌助哭著問道：「你爲、爲什麼這樣？我……哪裡惹了你嗎？」

「對不住啊！可是沒辦法……我、我有了女人，她好美又好可愛。她說要是我殺了你，就答應嫁給我。」三次喘著氣說。

「什麼呀？豈有此理！」彌助不敢相信竟有那種女人。

可是，三次就像著了魔般，一副幸福陶醉的表情：「眞的，她答應我，說要跟我在一起。她發誓如果有其他男人捧著金銀來獻寶，她也不會跟別人走。既然她都那麼說，我也得表現誠意吧……？對不住啊！彌助，眞對不住！」話一說完，三次就敏捷的抓住彌助，這回他改用粗壯的手臂勒緊彌助的脖子。

雖然被強大的力道鎖喉，彌助還是拼命抵抗。他用雙手使勁抓扒三次的手臂，可是不但沒用，更是傷不了對方分毫。

這時，彌助聽見自己的頸骨發出「喀啦」一聲。

「完了！」他心想。絕望像閃電般貫穿全身，接著，眼前逐漸墜入一片黑暗。

回家的路上，久藏還挺生氣。

「那個小鬼真不懂事！我好心買糰子去孝敬他，他也不會感謝我。早知道就不去看他了！可惡！將來我的兒子一定不會教成那樣……話說回來，那小鬼的臉色是不太好呀！」

雖然彌助還是會跟久藏鬥嘴，不過眼底卻藏著恐懼。當然了！有人想要他的命，不可能不害怕吧！久藏想到這裡，忽然停下腳步。

再走一會兒，他就到家了。家裡有可愛的老婆在等他，說不定那個囉嗦又可怕的奶娘也來了。不過沒關係，他就是想早點回家。

可是，如果就這樣回家，彌助的事一定會梗在他心裡。

久藏不禁嘆氣：「還是回彌助那兒好了，千彌回來以前，我就陪他吧！」

於是，久藏轉過身，再度往太鼓長屋走去。

沒想到才剛進門，映入眼簾的卻是一個大漢用手臂扣住彌助的脖子，正死命的勒緊。

「呃……！」久藏不知這是怎麼回事，一時僵在原地。

只見彌助的臉色已經發黑，鼻孔流血，嘴角起泡。另一邊，那個男人依然著魔般死命絞著彌助的脖子，似乎沒發現久藏。

久藏愣了一瞬，立刻回神：「哇——嚓——！」他口中胡亂叫喊，衝向大漢，直接往他臉上揮出一拳，只聽「喀」的一聲，對方的鼻骨應聲斷裂，登時血花四濺。

「嗚嗚……！」大漢放開彌助，撲倒在地。久藏想也沒想，就使盡全力往他的頭踢下去。這個人要殺彌助，腳下不必留情，而且他的個子比自己大很多，不趁勢把他制伏就危險了！

久藏再次提腳，重重一踹，只盼他快點昏過去。

終於，大漢仰面倒地，發出奇異的呻吟，不知是在哭還是在喘氣。他的臉被踩得血肉模糊，像隻被丟到陸地上的青蛙，只能躺著等死。

久藏對準大漢兩腿之間的要害，用力踢出最後一擊。大漢發出難以形容的哀號，接著就像蝦子般蜷起身體，一動也不動了。

這下他一時半刻應該爬不起來了。久藏察看一下大漢，接著匆匆抱起彌助，拼命呼喊：「彌助！你撐著點！撐著點啊！」

幸好，彌助還有氣息。久藏鬆一大口氣，開始設法救醒他。

就在這時候，千彌回來了！

「彌助，我回來啦！抱歉拖太久。我買了糰子，一起吃吧……」

話沒說完，千彌似乎發現有異，笑容瞬間消失。他緊閉的眼睛直對前方，厲聲喝道：「是誰在那裡？彌助、彌助？你怎麼了？」

「阿千……」久藏勉強出聲。

「是久藏？彌助呢？……這血腥味是什麼？你把彌助怎麼了！」

千彌大吼。

「不、不是我！是那個男人要殺彌助……！」久藏急急喊道。

千彌一聽，發出淒厲的狂吼，奔進屋裡。他連草鞋都沒來得及脫，便踩上榻榻米，循著彌助的味道衝過去抱住他。

「彌助！你怎麼了？發生什麼事？你說話、快說話呀！」千彌哀叫。

「不要緊，他還活著！」久藏安撫道。

「彌助！啊啊啊！彌助！不行啊！怎麼可以！啊啊啊……！」千彌恍若不聞，只是絕望的喊著。

「阿千！你鎮定一點啊！」久藏急著想安撫他，卻被猛力甩開，直直往牆壁一撞。那力道實在太大了，令久藏差點昏過去。

可是，久藏一句怨言都說不出口，因爲千彌已經開始哭了！他緊閉的雙眼湧出大串淚水，緊緊抱著彌助的模樣，就像一個害怕無助的孩子。

這不是平常的千彌，這樣下去他會發瘋的！乾脆往他肚子踢一腳，先讓他失去意識再說吧！

久藏正要動手，卻聽千彌仰天大吼：「雪耶！雪耶啊……！」

那聲音淒厲嘶啞，彷彿小狗在死命呼喚母親一般。

緊接著，像是在回應千彌的叫喚，一個男子忽然現身了。

久藏張著口，完全說不出話來。

首先，那個男子顯然不是人類。他的個子很高，穿著火紅色的長袍，一頭銀白長髮直直披散，背後垂下三條雪白的長尾。男子臉上戴著半個鬼面具，露出的另外半邊臉，俊美得不可方物。

而令久藏吃驚的還不只如此——他見過這個妖怪。好幾年前，就在這長屋的屋頂上。當時，那妖怪似乎俯視著屋簷下的千彌和彌助。

另一邊，那俊美的妖怪看見千彌的模樣，先是愣了愣。不過，他隨即回過神來，伸出三條厚實的長尾巴，捲起千彌和彌助。接著，就消失無蹤。

沒錯，不過一眨眼間，他們三個就消失了！

被留在原處的久藏，腦中一片空白，只是不斷的喃喃自語：「這、這是怎麼回事……？」

4 結界：分隔特定空間與外界的隱形界線。

6

紅珠的陰謀

遊郭，是男人花錢找女人玩樂的地方。

在江戶的遊郭中，有一家叫「花夜叉」的酒家，王妖狐族的紅珠正是潛伏於此。

躲藏在遊郭無疑是個聰明的辦法。那裡瀰漫著人間最黑暗貪婪的欲望，正好能掩蓋紅珠邪惡的妖氣，而最高明的是，尋常妖怪絕對想不到她會逃來這種地方。因此，整個妖怪界都找不到紅珠，包括月夜王公。

眼下，紅珠就住在一個僅有俗豔棉被和小化妝臺的房間。每到夜晚，她就在臉上塗滿厚如牆壁的白粉，向男客們獻殷勤。

不過，紅珠非但不以爲苦，反而樂在其中。

她對男人很有一套，總是三兩下就博得他們的歡心。無論是誰，只要被紅珠那雙媚眼盯上，就會對她言聽計從，變成她的奴才。

紅珠也殺過人類。雖然王妖狐族並不喜歡人血，但是爲了融入人間界，紅珠毫不遲疑的動手了。

她挑中的目標，是一個遊郭裡的小下女。那孩子還不滿七歲，因爲思念父母，經常在夜裡哭泣。紅珠給她糕餅，並親切的招呼她來自己的房間：「妳要是不敢一個人睡，就來我身邊吧！」她一面說著，一面將小女孩攬進被窩。

小女孩歡喜的依偎過去，紅珠便一口咬住她的喉嚨，吸吮汩汩流出的鮮血，覺得味道還挺不錯。

她悄悄把孩子的屍體丟進屋後的下水溝，卻特意留下她的眼珠。雖然眼珠已經混濁無光，不過含在嘴裡，還能嘗到眼淚的甘味。紅珠心想，如果有下一次機會，她還要試試。

然而，誰都沒有發現，紅珠是如此可怕的妖魔鬼怪。她總是輕解衣帶，隨意不整的穿著豔紅和服，微鬆的髮髻故意垂下幾縷髮絲，閃耀著烏黑的光澤。她的臉蛋嬌俏，一顰一笑卻又充滿嫵媚氣息，瞳孔雖然爲了扮作人類而變成黑色，偶爾仍會閃現火紅的光芒，更顯得神祕美麗。

每每想到她愛戀的對象，紅珠就忍不住微笑。

雪耶，王妖狐族的族長，妖怪奉行所的所長，現在名爲月夜王公的那個男子。

當年，第一眼見到他的時候，那興奮的感覺至今仍教紅珠難忘。她無比感動，世界上竟有令她如此心醉的男子。

在那一天、那一刻之前，紅珠從來不曾渴望過什麼。只要被她豔紅的眼眸一瞥，任何東西都是手到擒來。無論是誰，都想討她歡心，都願意將心愛的事物獻給她。久而久之，這種事變成理所當然，紅珠便也逐漸失去「想要」的欲望。

但是，就在紅珠跟著父母去拜訪族長時，見到少主的那一刻，塵封的欲望就覺醒了！

那是一種澈底的覺醒。

那一天，在覆滿白霜的冬日庭園，在牡丹盛放的花叢之間，少主就站在那裡。眼前的他，正摘下一朵白色牡丹，插上他的雙胞胎姊姊的髮鬢。那是一個連月亮都相形失色的男子，全身散發出耀眼的妖力。然而最美的，還是他的微笑，深深打動著紅珠的心。

少主對他姊姊露出的微笑，簡直美得令人想流淚。紅珠心中震顫不已，強烈的欲望也隨之翻騰起來。

她想要他的微笑。她想要那個少年對她微笑。

但是，當少主轉向她的時候，臉上的微笑卻消失了。

「我是雪耶。」他的語氣很禮貌，可是眼中並沒有映出紅珠的身影。

對雪耶而言，紅珠只是年紀長他一點的遠房親戚女兒。這個美少年唯一喜歡的，就是他的雙胞胎姊姊。

紅珠知道少主的心，但是她不在乎。無論雪耶再怎麼喜歡姊姊，總有一天她會出嫁，雪耶也會到該娶親的年齡，而能夠配得上他的，除了自己以外別無他人。這一點，紅珠非常有信心。

他們倆年齡相近，同族出身，更不用說的是，紅珠長得非常美麗。任誰都一定會承認，他們是天造地設的一對，理當結成夫妻。紅珠心想，她只要等待機緣到來就行了。

從那天以後，紅珠經常到族長家走動，希望先博得雪耶父母的歡心。與此同時，她也趁機暗中觀察雪耶。

隨著日子一天天過去，雪耶長得越發好看。他對旁人依舊很冷淡，唯獨對姊姊會顯露出溫柔的表情。那樣的雪耶，是紅珠最喜歡的。

紅珠滿心以爲，總有一天她會擁有他的微笑。總有一天，他眼中會只有她一個人。

然而，這樣的期待卻被狠狠打破了。

那是一個名叫白嵐的流浪妖怪。他的法力強大，被稱做會帶來災禍的「一眼魔獸」。不知爲什麼他會接近雪耶，更不知爲什麼，他竟然擄獲了雪耶的心。他們志趣相投，經常從早到晚膩在一起。

當紅珠看見雪耶對白嵐露出微笑時，幾乎不敢相信自己的眼睛。這時候她才發覺，自己一直以來都錯了。她不能只是靜靜旁觀，必須抱著被討厭也不在乎的決心，主動向他靠近，否則雪耶永遠不會看她一眼，更不會認可她的存在。

一想到自己浪費了大把時光，紅珠便懊悔不已，同時，對白嵐的深深妒恨，又令她心中愁苦難當。她暗暗發誓，有朝一日要瞞著少主，把那個流浪妖怪除掉。

雖然紅珠心意已決，誰知還沒等到她出手，雪耶和白嵐的友情就先決裂了。眼見雪耶立誓追捕他的舊友，滿懷恨意的喊著白嵐的名字，令紅珠好不歡喜。

接著甚至還有更好的進展。雪耶的姊姊因難產去世，在她身後，只留下一個妖氣相剋的孩子。當紅珠聽說那孩子必須由雪耶撫養，便立刻展開行動。

她盼望多時的機會終於來了！白嵐已經不在，公主也死了，雪耶同時失去兩個至親好友，可以想見心裡該有多麼空虛。就讓她去安慰他，彌補他心靈的創傷吧！

紅珠首先去拜見雪耶的父母，向他們表明心跡，希望兩老出面促成，讓雪耶盡快與自己完婚：「雪耶少主現在一定心碎欲絕，就讓我成爲他的支柱。我打從心裡愛他，相信您二位也知道。請下令準備我們的婚禮，這一切不是爲我，而是爲了撫慰孤獨的少主。」

紅珠說得字字懇切，眞心誠意，然而，雪耶的父母卻沒有點頭。

「妳的心意我們了解，如果可能，我們也希望爲妳實現願望……」「可是，雪耶大概這輩子都不會娶妻吧！」兩老絕望的深深嘆息。

不過，紅珠可不會善罷干休：「所以說，求求您二位出面爲我說話，雪耶少主應該還是會聽從父母之言。」

「不，論及妖力，雪耶已經在我之上。他早有資格成爲一族之長，無論由誰去說，他都不會聽的。」父親說。

「妳還是放棄他比較好，為了妳將來的幸福，去找別的對象吧！」母親也說。

在兩老同情的眼神注視下，紅珠忽然領悟——他們正是自己的敵人啊！

她的眼睛因為憤怒而倏的轉成血紅色。同時，腦中卻冷靜的飛快運轉。

既然是敵人就非殺不可。只要是妨礙者就絕不放過，這是她被白嵐奪走雪耶時學到的。她絕對不會再犯同樣的錯誤。

於是，紅珠當場就殺了雪耶的父母。

慘厲的哀號劃破寧靜，大宅中的人馬聞聲趕來，紅珠卻沒有逃走。

她知道，只要再等一會，她深愛的對象就要來了。

事實上，雪耶立刻就出現了。

眼見紅珠全身被父母的鮮血染紅，雪耶只是失神般怔怔的盯著她。頭一次被雪耶正視的紅珠，高興得全身發抖。她知道自己沒有錯，只要殺了雪耶珍愛的對象，就能獲得他的目光。無論那目光是憤怒還是憎恨都無所謂，對紅珠而言，那跟被他所愛具有同樣的價值。

所以，紅珠笑了起來。她甚至聽不到雪耶驚恐的低語：「恐怖的魔女……」只是全心投入所有的愛意，不停對雪耶微笑。

她就這樣帶著笑容被冰封起來，打入冰牢。

沒想到，那笑容最終卻救了紅珠。看守冰牢的烏天狗被她的微笑蠱惑，偷偷將她從牢裡帶出來。

逃獄後，紅珠先養好身體，再探聽到必要的情報，接著就把那個烏天狗殺了。因爲對方一直纏著她，要她隨自己亡命天涯。

對紅珠而言，逃亡簡直是個笑話。一旦恢復自由身，她想做的只有一件事。

雪耶似乎非常寵愛姊姊的遺孤，那個叫津弓的孩子。如果對津弓下手，雪耶會怎麼樣呢？他一定會以前所未有的執念，追捕她到天涯海角吧！紅珠想要的就是這個，她想要雪耶再次將全副精神放在自己身上。

於是，紅珠披上被她殺害的烏天狗皮毛，前往津弓留宿的妖怪托顧所，不料卻在那裡見到久違的白嵐。白嵐雖然已經變成人類，可是那張令她憎惡的臉卻完全沒變。

紅珠從前的恨意再次被引燃，當場便決定改變復仇的對象。津弓就留待下回動手，她必須先解決白嵐。不過，光是殺了他也沒意思，要是不能讓白嵐澈底受苦，她仍然不會甘心。

很快的，紅珠就找到報復的方法了。

那個白嵐拼命呵護的人類少年，那個名叫彌助的孩子，對現在的白嵐而言，似乎就是這世間最重要的寶貝。那麼，她就要把他奪走，把這一切毀掉。

爲了重新擬定計策，紅珠暫時退避，潛入遊郭躲藏。她就像蜘蛛一般，悄悄張開了捕獵的網。

「嘻、嘻嘻、嘻嘻……」紅珠低聲輕笑，驀的咬住自己的小指，只見指尖裂開一道小口子，開始冒出鮮紅的血滴。血滴源源不絕，一點一點的串連起來，變成一根發光的紅色絲線。

那是結緣的紅線。她用那紅線釣到鏡子妖怪，也曾讓另外幾個妖怪上鉤。

紅線也能捕到人類。紅珠發現一個身上隱約帶有彌助氣息的男人，便立刻抛出紅線，把他引誘到遊郭來。此後，那男人三天兩頭就來找紅珠，自以爲是她的戀人。而就在今天，他順利完成了紅珠囑託的任務。

第一步、第二步、第三步……紅珠按部就班的下著每一步棋，眼看再過不久，就可以使出最後一手了。

她望向窗外的天空，臉上微帶笑意。今天空中有烏雲，遠方傳來隆隆的雷聲，再過一會，就要降下陣雨了吧！

這眞是個好時機，紅珠覺得自己實在幸運。

「快了……我就要和他在一起了！」她一邊喃喃自語，一邊將指尖延伸出的紅線，往烏雲密布的空中拋去。

7

累毒之術

妖怪奉行所東方地宮的所長，同時也是王妖狐族的族長月夜王公，正在大發雷霆。

眼下沒有一件事是順利的。兇殘的逃犯紅珠，直到現在還下落不明，縱使月夜王公知道是她對雲外鏡下了妖術，企圖借他之手殺害彌助，但是，她究竟躲在哪裡，下了什麼妖術，他卻毫無頭緒。

月夜王公原以爲，紅珠雖然接二連三對彌助下手，但她眞正想要的並不是彌助。

「那女妖原來的目標是津弓啊……！」他最愛的甥兒，才是紅珠眞正想下手的對象。月夜王公心想，紅珠應該是打算像當年殺害自己父母一般，先殺了津弓，再渾身浴血的出現在他面前。她一定又會露出那滿足的微笑，只盼自己能將目光投注在她身上吧！

再不趕快想辦法不行啊！月夜王公心急如焚，卻束手無策。

就在那時，他忽然感覺千彌在呼喚自己。那是他從未聽過的淒厲嗓音，於是月夜王公不假思索便飛馳過去，將哭喊的千彌和昏迷的彌助帶回宮殿，然後一邊安撫千彌，一邊差人去叫醫生來給彌助治療。

直到忙亂稍歇，月夜王公才回過神來，對自己剛才的反應生悶氣。

他怎麼會瞬間就回應千彌的呼喚呢？他們明明已經不是朋友，爲什麼自己對千彌求救的呼喊，就是無法拒絕呢？

不，一定是因爲現在事態非比尋常，他有預感紅珠又下了什麼毒手，才會立刻趕去救他們。月夜王公不斷在心裡給自己找理由，但是一股怨氣卻怎麼都吞不下去。

因此，當彌助好不容易清醒，第一眼見到的，就是凶神惡煞般的月夜王公。

彌助嚇得縮起身子，月夜王公卻不放過他：「到底發生什麼事？」他咄咄逼問：「吾打造的結界應該是完美無缺百攻不破，怎麼你居然會倒在屋裡流血？到底發生什麼事？給吾照實說來！」

「是、是！」彌助像被審問的犯人一般，把事情經過從頭到尾說了一遍。先是住在對面的男人如何突襲他，以及那男人說自己是受女人所託的等等。

「我、我記得的就只有這些啦……剛剛是月夜王公救我的嗎？」彌助戰戰兢兢的問。

「不，吾趕到的時候，是有一個像你所說的男人倒在地上……不過，現在回想起來，除了你跟千彌以外，還有另一個男人在那裡，他是個長得還不錯的人類，膽子似乎也挺大，看見吾忽然出現，居然沒有大叫大嚷哪！」月夜王公說。

「那……一定是久藏，他又回去找我嗎？」彌助嘀咕。

不過，月夜王公沒在聽他說什麼，只是鐵青著臉道：「紅珠那惡女！虧她想到支使人類去突襲，眞是狡猾無比啊！」

彌助大吃一驚，抬頭問道：「那……這次也是紅珠暗中搞鬼嗎？

可是，三次的眼睛並不紅呀！雲外鏡被紅珠附身的時候，眼睛跟她是同樣顏色的。」

「那個男人並沒有被紅珠附身！要讓人類男子對她百依百順，是不必用妖術就能辦到的。那女妖……真是長得很美啊！」月夜王公憤恨道。

「也就是說，三次只是迷上紅珠的美色……他完全沒被附身，就要來殺我？明明沒被下任何妖術，就能夠做出這種事？」彌助忽然覺得害怕。

「如果吾想那麼做，也可以輕易辦到啊！總之，現在吾知道了，那男人只是普通人類，又沒被施加妖術，所以吾的結界也擋不住他……只是沒想到那惡女會利用人類啊！」一想到自己輕忽那女妖的能力，月夜王公不禁懊悔不已。

在他心底深處，一直以爲紅珠只是王妖狐族的小人物，既然犯下滔天大罪，就應該受到比死更殘酷的懲罰。

然而，那女妖卻是邪惡至極，無惡不作。月夜王公暗暗決定，今後絕不再將紅珠視爲同族。

見月夜王公表情陰沉，彌助不安的問：「對了……千、千哥呢？」

月夜王公這才回神：「咦？那傢伙就在外頭。剛才他還抓著吾又哭又喊，只會妨礙吾給你治療，吾就把他踢出去了！好吧，也該放他進來了！」說完，他兩手一拍，施在紙門外的法術就應聲而解。

只見千彌立刻衝了進來，他的臉上完全沒有血色。

「千哥！」彌助大喊。

千彌一語不發，只是奔過來緊緊抱住彌助。彌助被摟得喘不過氣，卻什麼都沒說，因爲千彌的身體正在微微發抖。

「千哥，我不要緊啦！我還活著，一定會好好活下去的！」彌助一邊喘氣，一邊小聲安慰他。可是，千彌一點都不肯鬆手。他似乎想用盡全身的力氣，去感覺彌助的呼吸和心跳。

月夜王公見他這副模樣，冷冷的說：「你們究竟要在吾面前抱多久啊？彌助已經沒事，這不就好了嗎？」

千彌這才抬起頭來，對著月夜王公的方向，嘶啞的說：「我在此向你道謝。雪耶，你眞是救了我們！」

月夜王公立刻怒斥：「不准你叫這個名字！也不用道謝！聽了就

反胃！比起救你們，更重要的是吾剛才聽了彌助的話，得到許多有益的情報。」

他告訴千彌，襲擊彌助的是人類男子，而且是被紅珠的美色所誘。千彌聽完事情經過，咬牙切齒的說：「可惡！那女妖的手段實在太骯髒了！真沒見過比她更狡猾的妖怪！」

「吾也這麼覺得。不過，多虧這次，總算知道紅珠連人類都會操縱。那麼一來，吾造的結界再怎麼堅固，也沒法保護彌助。」月夜王公皺眉道。

千彌聽了，登時面如土灰。他似乎瞬間明白，自己的最愛的養兒，處境有多麼危險。

「千彌，吾在想，你要不要把彌助留在這裡？」月夜王公忽然問。

「這裡？」千彌似乎有點意外。

「是的。這個宮殿屬於妖界，人類完全進不來。這裡的結界又是吾親自打造，每天都不斷強化。本來這道結界是用來保護津弓的，現在就算多一個人類孩子，也不會有任何問題。」月夜王公說。

聽他這麼一說，千彌立刻點頭答應：「那就千萬拜託了！」

「千哥！」彌助想要抗議。

「彌助，不許反對！」千彌嚴厲的說：「這些日子以來，你看我那麼擔心，不是都在暗笑我大驚小怪嗎？你以爲自己不會有事，結果呢？這不就出事了嗎？」

「那、那是因爲……」彌助還想辯解。

「夠了，你住嘴！這一次絕對要照我說的做！」千彌不由分說打斷彌助，再轉向月夜王公。接著，他竟然兩手著地，匍匐下跪：「懇請月夜王公，盡全力保護彌助。請代我守護他，不要再讓他傷到一根毫髮！」

「呃、嗯……」見到千彌出乎意料的舉動，月夜王公似乎有些吃驚，不過還是點頭道：「先說好，吾只保護彌助一個人，總不能連你都收留吧！」

「沒問題，我會顧好自己。」千彌立刻回道。

彌助一聽，卻著急的叫了起來：「你、你們在說什麼呀！千哥不是已經沒有妖力了？月夜王公，求求您！讓千哥一起留在這裡吧！要是他回到人間又被紅珠襲擊，可是毫無招架之力啊！」

「沒關係，彌助。只要你安全無恙，對我的心而言，就是救贖了。」千彌的臉上終於再度有了笑容：「不會的，我不會被殺的。我怎麼忍心留下這麼可愛的養兒，就這樣獨自死去呢？無論用多麼骯髒的手段，我都會想辦法活下去的！」

千彌再三對彌助保證，他一定會來接他，再一起回長屋同住。立下約定後，他就把彌助推向月夜王公，說：「那麼，彌助就拜託你了！」

「嗯，彌助就去津弓房間住下吧！那裡是宮殿中最安全的地方。不過，吾得先把你的傷痕去掉，要是讓津弓看見這個，他可是會嚇壞的。」月夜王公說。

原來，彌助的喉頭還留著被三次掐出來的手印狀瘀青，月夜王公打算灌注妖力給他，讓瘀痕快點消退。

沒想到，他才剛把手放在瘀痕上，正要運勁的時候，彌助忽然像一尾魚般，整個人彈跳起來！

「呃！喀、嘎嘎……！」彌助喉嚨發出怪聲，在地上翻滾。月夜王公嚇了一跳，驚呼：「什、什麼？」

「月夜王公，你幹了什麼？」千彌叫道。

「不知道！他忽然就變這樣了！」月夜王公一頭霧水。

「彌助！」千彌正要衝過去，卻被月夜王公一把抓住肩膀，將他拖回來。

「月夜王公……不要攔我！你給我放開！」千彌大吼。

「住嘴……！」月夜王公喝道。

「叫你放開啊……奇怪，這是什麼氣味……發生什麼事？」千彌驚慌的問。

月夜王公答不出來。只見彌助不停掙扎，身上開始浮出一條條細細的線。那紅色的細線彷彿血脈一般，從他的嘴邊和雙手蔓延開來，轉眼就像藤蔓似的覆滿全身。與此同時，一股甜膩的香味瀰漫四周。

一聞到這味道，月夜王公還來不及反應，千彌就叫了起來：「是紅珠！」

「沒錯！」只聽彌助的嘴裡，竟然發出紅珠的聲音。

「妳這妖魔……是什麼時候躲進彌助身體的？」千彌大喝。

「倒也沒多久……不過，白嵐，這裡沒你的事！我現在想說話的對象，就只有雪耶而已！」紅珠的聲音說。

月夜王公感覺到，紅珠正透過彌助的身體，緊緊盯著自己，令他忍不住寒毛直豎：「紅珠……妳究竟對彌助動了什麼手腳？」

「我給他下毒了喲！」紅珠的聲音爽快答道。

「妳應該沒機會動手才是，如果彌助被下毒，白嵐一定會發現的。」月夜王公皺起眉頭。

「呵呵呵，那不是普通的毒，也不只有一種。我說的意思，你可明白嗎？」紅珠的聲音得意的笑了。

「是累毒之術……？」月夜王公恍然大悟。

「正是！不愧是雪耶少主！」紅珠的聲音非常興奮：「那些東西本身都沒有毒，不過一旦混合積累起來，就會變成劇毒……一開始，我把菌菇妖怪送去托顧，讓彌助吸進那紅色孢子；再來，輪到薊花妖怪登場，順利讓彌助被他刺到。最後，我操縱雲外鏡，令彌助的皮膚吸入小妖怪的銅鏽。」

菌菇妖怪的孢子、薊花妖怪的刺、鏡子妖怪的銅鏽……這些都稱不上是毒物。但是，一旦沒有排出，它們就會在彌助的體內積聚成毒。

「那妳爲什麼又派人類男子去突襲彌助？」月夜王公問。

「爲了讓我能來這裡呀！我騙他說要立誓結爲夫妻，所以我們喝了彼此的血酒。於是我身體的一部分，就進入那男人體內了，然後我再藉著他，轉移到彌助身上。我本身也算是一種毒物，在我之後，就是重頭戲了，給他灌下最後一種毒的，正是你啊，雪耶少主！你的妖力就是那最後的配方啊！」紅珠快樂的大笑起來：「我相信你很善良，一定會運用妖力幫這孩子療傷。嘻嘻，果然猜得一點都沒錯呢！」

加上月夜王公的妖力之後，紅珠的累毒之術終於大功告成。彌助攝入的物質在他體內融合爲一，化作劇毒，流竄於他全身血脈之中。

「這孩子必死無疑！」紅珠斬釘截鐵道：「他體內的毒會一點一點奪去他的性命，無論什麼解毒藥都治不了的……白嵐！」

紅珠的聲音倏然一變，顯得冷峻至極。

另一邊，忽然聽到自己從前的名字，千彌不由得全身一震，喝道：「怎麼樣？只要我獻上自己的頭顱，妳就願意放過彌助嗎？」

「不，若是那麼簡單可就太無聊了，我一定要讓你遭受更大的痛苦！我就好心的給你指點迷津吧！要幫他去毒，只有兩個法子。一個是殺了施術的我，另一個是殺了雪耶少主。只要雪耶少主還活著，他灌進這孩子體內的妖力就會繼續成長，令毒性愈來愈強。」紅珠滔滔不絕的說。

「妳要叫自己憎恨之人，去殺妳愛戀的對象？妳可是瘋了？」千彌不敢置信。

「我瘋不瘋與你無關！告訴你，現在在這裡的只是幻影，我的真身其實在別的地方。就算你找到我，這孩子也早就沒命了，你應該知道怎麼選擇了吧！」紅珠說完，又變回原來甜膩的口吻：「那麼，雪耶少主，我很快就會回到你身邊。請期待我們的相聚吧！」

「等等！」月夜王公喊道。但是，紅珠的聲音已經消失，房間裡瀰漫的詭異妖氣也不見了。

只見彌助倒在地上，身體僵直，昏迷不醒，皮膚不斷浮起鮮紅的血線，向全身擴散出去。

月夜王公猛然回神，大喊：「有誰在？來人啊！」

聲音剛落，僕從立刻出現了：「王公有何吩咐？」

「馬上去叫醫生！再差人去拿冰塊來！吾得延緩他毒性發散！」

月夜王公匆匆下令，語畢，才覺得似乎有異。

太安靜了！怎麼突然這麼安靜？他回過頭去，登時愣住。

眼前只剩倒在地上的彌助。不知何時，千彌已消失無蹤。

8

激戰

千彌一聲不響的溜出月夜王公的宮殿，輕輕呼喚一個名字。

彷彿在回應他的呼喚似的，一個少女忽的現身了。

那個少女穿著青色和銀色相間的波浪紋和服，與她的雪白長髮和蜂蜜色眼珠非常相襯，小巧漂亮的耳垂上掛著鑲琉璃珠的純銀耳飾，更顯得嬌俏迷人。

帶著彷彿連周圍空氣都晃動起來的熾烈妖氣，這位妖怪界數一數

二的大妖王蜜公主，嬌滴滴的笑了起來：「怎麼啦？白嵐！你叫我做什麼？有什麼要求嗎？」

聽她語氣爽快，千彌的嘴角微微上揚，說：「那我就開門見山了，請妳一定要出手相助。我會給妳一個最上等的靈魂作爲回報，保證讓妳瞠目結舌。」

「你說的可是眞的？」王蜜公主揚起了眉毛。

「我還沒笨到敢對妳說謊啦！」千彌說。

「不，你是眞的笨！」王蜜公主消遣他：「我知道啦！你打算做一件天大的傻事，對不對？……也罷，好像挺有趣，就說給我聽聽吧！」

於是，千彌把他的要求和計畫，一五一十的告訴王蜜公主。

王蜜公主聽了，瞇起眼說：「你確定……要這麼做嗎？」

「如果有其他辦法，我也樂意去做，不過現在看來是別無選擇了。」千彌篤定的說。

「好吧……那我就助你一臂之力！」王蜜公主說完，就伸出白皙的小手，握住千彌的手，一瞬間，兩人便原地消失了。

下一刻，他們已經降落在一個完全不同的地方。

那裡似乎是在一座深山中，眼前有一個巨大的山洞，洞窟深處飄來潮溼的苔蘚、岩石和水混合的氣味。除此之外，還有一種別的氣息……。

「我在這裡把關，你進去吧！」王蜜公主說。

「那就拜託了！」千彌放開王蜜公主的手，獨自往山洞裡走去。

他要去的地方，是一個用小石頭堆成的鳥巢。只見鳥巢中央有一個圓圓的東西，就像顆銀色的蛋，發出月暈般淡淡的光芒。奇妙的是，當千彌一走近，它的光芒忽然變得更強烈了。

千彌一步步走著，直到距離銀珠大約五步之遙，忽然，從銀珠內吹起一陣風。那陣風逐漸成形，最後變成一隻很大的鳥。大鳥披著既像灰色又像銀色的奇異羽毛，而她的臉，是名為「母親」的容顏。

人面鳥神情悲傷的抬起頭，喚道：「千彌君！」

「姑獲鳥！很抱歉，請妳把我捐出的眼珠還給我。」千彌說。

由於彌助曾打破姑獲鳥的巢，千彌便把自己的眼珠獻給姑獲鳥，以代替彌助贖罪。蘊藏他全部法力的眼珠，從此變成姑獲鳥的新居。換言之，千彌此生再也不能變回原本那個強大的妖怪了。

當初千彌下定決心，和姑獲鳥立下誓約。現在，他卻要求姑獲鳥返還眼珠，這是無論如何都不能打破的禁忌。

姑獲鳥顫抖著聲音說：「你這是犯了妖怪界的大忌。」

「我知道，不過我只要借一會。只要一會就行了！」千彌懇求道。

「不行！你永遠都不能再取回眼珠，那是我們之間的約定。若違背約定，你就必須付出代價，那將是無比沉重的代價。」姑獲鳥堅決的說。

「只要彌助能夠得救，無論付出什麼代價，我都不在乎！」此刻千彌的腦海裡只有彌助，完全無法顧及其他。

紅珠說過，要解救彌助只有兩個方法。第一是把施毒術的紅珠殺死，可是，現在無法找到她的藏身之處，如果執意去找，只會平白耗盡彌助的生命。那麼，就只剩下第二個方法了！

千彌又向姑獲鳥走近一步：「如果妳堅持拒絕，我就只好用蠻力搶回來……我已經沒時間了，拜託妳，就還給我吧！」

「你……一定會受苦的。」姑獲鳥緩緩說道。

「沒關係，再怎麼樣也不會比現在更苦吧！」千彌平靜的說。

姑獲鳥靜靜的流下眼淚，她不再說什麼，只是慢慢離開巢邊。

於是，千彌繼續往前走。

就在他伸出手的時候，那個銀珠猛然發出耀眼的亮光，彷彿在迎接真正的主人歸來……。

此時此刻，在洞窟外頭，聚集了一大群烏天狗。他們有的站在地上，有的飛上天空，個個全副武裝，將洞窟包圍得密不透風，就連一隻螞蟻都逃不出去。

率領這大隊人馬的，正是月夜王公。只見他腰間佩著長刀，身上披著漆黑的甲冑，臉色僵硬，看著擋在面前的王蜜公主。

對著嘻皮笑臉的妖貓族主君，月夜王公怒目吼道：「王蜜公主，給吾讓開！就算是妳，也不能找奉行所麻煩！」

王蜜公主嬌滴滴的說：「對不住啊！我不能答應你。我已經跟別人約好，要幫他擋住你們。我可是個守信用的姑娘喔！」

「哼！妳要是不聽，吾就連妳一起解決！」月夜王公嘶吼。

「你是說眞的嗎？」王蜜公主臉色微變，帶著些許興奮和殘忍，就像一隻好戰的貓：「我倆若打起來，結局可是無法預料。雖然也挺有趣啦……不過，你要對付的並不是我吧？」

「哼……！」月夜王公氣得說不出話。
「你不該在這裡陪我玩，浪費力氣啊！再過一會……」王蜜公主還沒說完，只聽「轟！」的一聲，空氣忽然猛烈震動起來，一瞬間，四周的氣氛全變了，甚至有幾個年輕烏天狗一時承受不住，發出小聲的哀號。
顯然，洞窟中有股巨大的力量覺醒了！
月夜王公不禁握緊腰間的刀柄。這時，有個烏天狗顫抖抖的小聲喚道：「月、月夜王公……」
「誰都不准動！陣型不准亂掉！絕不能讓那傢伙逃出去！」
「是！」隨著烏天狗齊聲答應，只見洞窟深處，隱約出現青白色的閃光。

那些閃光是宛如春雷般的小小閃電，像一條條小蛇似的纏繞著一個身影。身影愈走愈近，最後，出現了一個人形的妖怪。

站在眼前的，是一個絕美的男子。和月夜王公澄淨優雅的美不同，他的美是帶著一種色香之氣的光華盛豔。雖然如此，從他修長的四肢到纖細的指尖，無一處不是充盈著極致的力量。

男子原本剃得青光潔淨的頭，如今披散著茂密的長髮。那一頭深紅色的耀眼華髮，被他周圍颳起的無數小小旋風吹拂，彷彿有生命似的起伏波動，就像一群受主人馴服的狼。

駕風馭雷的大妖怪白嵐，身形竟是如此驚人的美麗。

在場所有妖怪都被他的外表和氣勢震懾，連月夜王公也說不出話來……。

白嵐披散的前髮蓋住雙眼，緩步向前。他第一個開口的對象是王蜜公主：「讓妳擔待了，王蜜公主！」

「呵呵，沒想到還能再次看見白嵐的原形！你果然還是這樣比較美啊！」王蜜公主笑道。

白嵐不理會王蜜公主的讚美，逕自轉向月夜王公。

「白嵐！你這傢伙！你知道自己在做什麼嗎？」月夜王公怒道。

「知道。我也很清楚接下來要做什麼……對不住啊，雪耶，你必須死。」白嵐淡淡的說：「那個女妖的計謀是很無情，不過對我而言最重要的就是彌助。我得用你的命，去換彌助的命。」

「你……真的沒瘋嗎？」月夜王公不禁脫口而出。

「當然……可是，我若沒有妖力，就殺不了你。所以我要回了自己的眼珠。別擔心！只要完成這件事，我就會把眼珠還給姑獲鳥。」

白嵐說。

「你還眞以爲能打倒吾嗎？」月夜王公吼道。

「可以啊！爲了彌助，沒有什麼是我辦不到的。」白嵐喃喃說完，倏的消失蹤影。在電光石火之間，他已逼近月夜王公，揮出一拳。

月夜王公拔出長刀，勉強接住這一擊。白嵐這拳之重，令他忍不住低聲呻吟。

他是眞的要殺吾！月夜王公暗暗心驚。他被白嵐兇猛的殺氣震得身體發麻，當下心一橫，沉聲問道：「原來如此……你可是有所覺悟了？」

「是。」白嵐淡淡答道。

「可吾還不想死！吾也有個津弓要照顧！」話沒說完，月夜王公便揚起三條長尾，像流星般掃向白嵐的腰際。

白嵐向後躍開，月夜王公立刻乘勢追擊，以迅雷不及掩耳的速度，接二連三揮出長刀。

然而，每一刀都被白嵐避過了，同時，纏繞在他身上的閃電猛然加劇，突如其來的刺眼閃光，令月夜王公不禁縮了一縮，白嵐便趁機伸手抓向他的肩膀。月夜王公勉強避開，護肩卻被抓出幾道長長的裂痕。

兩個大妖怪的激戰，令周圍的烏天狗們看得目瞪口呆。他們從沒想過，月夜王公竟會在一眨眼間，就兩度被對手逼到險境。

其中幾個烏天狗似乎打算上前助陣，但是他們才一動，立刻像被無形的繩索捆住般，動彈不得。

「不許動！」只聽一聲大喝。

「王、王蜜公主！」烏天狗們叫道。

原來，王蜜公主操縱烏天狗的影子，把他們一個個牢牢釘在原地。她鎮定的說：「不許你們插手！」

「可、可是……」

「夠了！你們就乖乖看著吧！就算加入戰局，也改變不了什麼，倒不如說，你們會被那妖氣撞得粉身碎骨。抬頭看看吧！」王蜜公主往天空一指。

只見空中不知何時已積聚厚重的雲層，發出鐵鏽般的臭味，底下湧動著一團團烏黑的漩渦。

這兩個大妖的殺氣衝向天空，已經化成一朵朵妖雲了！

「要不是我張了結界擋在前面，你們跟我早就被彈飛到老遠了。我再說一次，現在絕對不能靠近他們！」王蜜公主嚴厲的語氣，令烏天狗們登時不敢再動。

另一邊，兩個大妖的決戰愈來愈激烈了！他們的衣服凌亂破碎，身上也傷痕累累。雖然只要花一點點功夫，就能讓自己復原，可是誰也沒這麼做，因爲哪怕只是絲毫分心，都會立刻被對方奪取性命。

同時，月夜王公心中憤恨難平。白嵐的身手迅疾如風，招招都攻向出乎預料的地方，逼得他措手不及。而更令他不快的是，白嵐並沒有使出全力。

月夜王公怒視白嵐，厲聲問：「你爲什麼不用邪眼？」

白嵐聽了，忽然全身一顫。月夜王公追問：「你最大的武器就是邪眼。只要用那雙眼睛盯住吾，吾就會聽從你的指示，你再命令吾自殺不就得了？」

「我不想那麼做……雖然我要你的命，卻還不想奪你的魂魄！」白嵐答道。

「你不用那麼慈悲！太小看吾了！」月夜王公盛怒之下，手起刀落，挾著驚人的破風之聲，往白嵐的頭頂直劈下去。

大概是被道出邪眼的事，白嵐心裡有點動搖，動作稍遲了些。只聽一道奇異的聲響傳來，下一刻，血花四處飛濺。

白嵐的左臂，整隻被從肩膀砍落。

月夜王公確信他贏了！即使是白嵐，也無法承受這樣的重傷。若非萬不得已，他其實是想活捉白嵐的啊！

誰知就在這時，白嵐竟使出更驚人的回擊。只見他對自己斷臂的重傷恍若不覺，直直往月夜王公撲去，伸出右拳，搗向他的胸膛。

一瞬間，纏繞白嵐全身的青白色微小閃電，合爲一束巨焰，直接灌進月

夜王公的胸口。

落雷般的巨響和閃光爆了開來，鋪天蓋地，籠罩四周，就連王蜜公主架的結界，也抵擋不住這一波衝擊。一群烏天狗被大浪般的狂風捲起，落葉似的在空中飛舞。

當他們好不容易穩住身子，降落在地，卻被眼前的景象震驚得發不出聲音。

白嵐和月夜王公都還站著，只是，月夜王公的甲冑前胸出現了一個大洞，焦爛的皮肉混著鮮血，啪嗒啪嗒直往下滴。

「你、你這笨蛋……」月夜王公雙眼圓睜，接著便像一棵巨樹般轟然倒地。

「月、月夜王公！」

「白嵐！你這混帳！」烏天狗們懼怒交加，往他們衝去。

就在這時，空中厚重的烏雲之間，忽然落下一道猛烈的閃電，隨即變成一隻巨大的魔獸。那是一隻長得像老虎的金色魔獸，全身被鱗片覆蓋，只有鬃毛和尾巴迸出白色的火花。

巨獸的背上坐著一個女妖，她的眼睛燃燒著深紅的火光。

「紅珠！」不知是誰大叫。聲音未了，巨獸已經降落在地上了。

那巨獸被紅珠操縱，血紅色的眼睛轉向白嵐，接著，牠張開大口，噴出一道巨大的閃雷。白嵐躲避不及，立刻被撞得往後飛出去。

此時，紅珠已將月夜王公拖到魔獸背上。只見她緊抱著月夜王公的屍首，在陣陣刺耳的笑聲中，乘著魔獸消失在烏雲密布的天際。

9

最後的笑容屬於誰

我做到了！終於做到了！

紅珠乘在雷獸背上，緊緊抱著月夜王公的軀體。雖然懷中的人渾身是血，傷痕累累，不過，他還是很美。

紅珠痴痴的看著月夜王公，將他的手與自己十指相扣。她曾經夢過多少次，要和他這樣手握著手啊！

果然讓他死了是對的，她暗想。

如果月夜王公還活著，絕對不會讓紅珠碰他一根毫髮。那麼，不如殺了他吧！只要能把他一直放在身旁，只要能隨時觸摸到他，就算是具屍體也無所謂。

潛藏在遊郭的時候，紅珠便已想到這個法子。

然而，能夠打敗月夜王公的妖怪，唯有白嵐和王蜜公主。王蜜公主個性捉摸不定，要擺布她簡直難如登天，這麼一來，就只剩白嵐這枚棋子了。

紅珠的計畫是讓白嵐受苦，逼得他別無選擇，最後殺掉月夜王公。因此，她先在彌助身上施了累毒之術。

待累毒之術終於完成，白嵐也如她所料，向月夜王公宣戰。

他們決鬥時，紅珠就躲在烏黑的妖雲中偷看，那驚心動魄的情景，令她激動得顫抖不已。她甚至隱隱擔心，萬一月夜王公贏了該怎麼辦？

幸好，終究是白嵐比較強大。

一看見月夜王公倒下，紅珠心想：就是現在了！於是，她立刻駕著雷獸降落，搶奪月夜王公的軀體。

「親愛的……我最愛的你……」紅珠陶醉在幸福之中，情不自禁伸出舌頭，輕輕舔舐月夜王公指尖的血跡。

月夜王公身上不該有汙漬或傷痕，她要一個一個，將那些不潔之物舔乾淨，讓他恢復白銀般光潔的軀體，再用防腐之術永久保存。

紅珠一邊愉快的想像，一邊不斷用舌頭舔舐月夜王公的傷口。首先，就從最看不順眼的地方開始吧！

她摘下月夜王公的鬼面具，眼前出現三道早已泛白的舊疤。那是被白嵐留下的印記。

其實，只要月夜王公願意，隨時可以把這些疤痕消除乾淨。但是他卻沒有那麼做，反而用半個鬼面具將疤痕遮住，不讓任何人看見。彷彿在懷念已經絕交的摯友似的，故意將它留下。

紅珠忍不住咬牙切齒。這是白嵐留下的印記，非把它去掉不可！

然而，她才剛靠近月夜王公的臉，喉嚨卻猛的被掐住了！紅珠震驚的瞪大雙眼：「雪、雪、雪耶少主……」

只見月夜王公正定定的看著她，寒冰般的眼神中滿是怒意，右手牢牢掐住紅珠的脖子不放。

「不准碰。」月夜王公冷冷的說：「妳不配摸這個疤痕。」

紅珠這才如夢初醒。原來他還活著，月夜王公並沒有死。

「爲、爲什麼……？」她掙扎著問。

「白嵐看穿了妳的詭計。」月夜王公忿忿的說：「那傢伙知道妳眞正想要的是什麼，所以故意惹怒吾，讓吾信以爲眞，和他決鬥。」

「可是，我看見血、血從你胸膛……」紅珠不敢置信。

「那是白嵐的血！」月夜王公沉聲道。

原來，白嵐向月夜王公的胸口擊出最後一拳時，就順勢炸開了自己的右手，而且爲了掩人耳目，他還故意放出很大的閃光。

「你裝死吧，女妖來了！」當時，在震耳欲聾的爆裂聲中，白嵐悄悄對月夜王公這麼說。直到那一刻，月夜王公才明白他在想什麼，又在計畫著什麼。

怎麼不早點說！月夜王公對自己的遲鈍氣憤不已，不過，他依然裝作受到重創，不支倒地。

果眞如白嵐所料，決鬥才剛落幕，紅珠就出現了。被這個女妖胡亂摸遍自己的身體，月夜王公心中的怒火可想而知。

但是無論如何，總算逮捕紅珠了！

實在不能再讓這女妖有機會作亂，就這樣掐著她的喉嚨，直到斷氣吧！月夜王公想著，手上自然加勁，只見紅珠的臉色迅速由白轉成紫黑。

然而，她卻只是挑釁般的盯著月夜王公，眼中燃燒著紅色火光。

「請殺了我吧！」紅珠一邊痛苦喘息，一邊用勝利的口吻說：「你就算殺了我，也毀滅不了我。只要靈魂執念不消，就能再次甦醒，而我的靈魂，一定會回到你身邊。下回，我要附身在你心愛的東西裡頭！

對了，就依附在你甥兒身上怎麼樣？」

月夜王公聽了，臉上突然閃過一絲畏怯。紅珠心想，她還是贏了。沒錯，如果要把月夜王公操之在手，並不一定需要現在這副身體。

紅珠相信，她的靈魂一定會重生，無論死掉幾次，這份執念都不會改變。她將永遠愛著月夜王公，這是多麼偉大的感情啊！

紅珠帶著狂喜的神情，閉上眼睛。就在這時，忽然響起一道嬌滴滴的嗓音：「我不會讓妳得逞喲！」話聲未落，她便感覺一個柔軟的東西碰到自己背後。

「呃！」紅珠嚇一大跳。

「終於追上妳了，紅珠！」王蜜公主微笑著趴到紅珠背上，神情就像一隻發現獵物的貓，眼中射出銳利的凶光。

對著喉嚨發出咕嚕咕嚕聲的王蜜公主，月夜王公吼道：「妳來晚了！」

「抱歉啦！我沒想到紅珠會乘雷獸逃走呀……讓你久等了，月夜王公。還有妳，紅珠。」王蜜公主愛憐的撫摸紅珠頭髮：「白嵐告訴我，妳雖然是個妖怪，靈魂卻非常黑暗扭曲。我本來只對人類的靈魂感興趣，不過如果是很特殊的妖怪靈魂，倒也可以試試啦！呵呵，我可是個很棒的主人喔！我一定會細心照顧妳的靈魂。與其跟這麼無聊的男子在一起，還不如讓我好好愛護妳呀！」

恐懼登時穿透了紅珠全身。一旦靈魂被取走，那就眞的萬事休矣，她將永遠無法再回到月夜王公身邊。

紅珠開始死命掙扎，但是掐在她脖子上的手卻依然紋絲不動。

這時，月夜王公不耐煩了，他催促王蜜公主：「妳說夠了沒？該動手了吧？」

「好喲！」王蜜公主歡欣的點頭，下一瞬間，月夜王公手上力道猛然加劇。

就在紅珠頭骨碎裂的同時，王蜜公主的手已經探進她的背後，接著緩緩從體內掏出一個圓珠。

那是一個紅色的珠子，從外到內通體豔紅，若是一直盯著它，恐怕眼睛也會被染成血紅色。

紅色圓珠灼灼燃燒，散發出令人窒息般的激情烈焰。月夜王公見狀，忍不住倒退一步：「這就是……那女妖的靈魂？」

「是呀！你看，多麼罪孽深重的顏色啊！沒想到癲狂的妖怪靈魂，竟有如此邪惡的美感！呵呵，這下我可得向白嵐道謝了！」王蜜公主笑道。

白嵐！月夜王公心中一驚。

他當時並不知道，那場決鬥是爲了引誘紅珠現身的圈套，因此使出全力砍掉了白嵐的手臂。最後，白嵐又受到雷獸重重一擊，再怎麼高強的妖怪，也不可能沒事的。

「白嵐……那傢伙還活著嗎？」月夜王公問。

「哦？應該不會死吧！我已經讓你手下的烏天狗給他療傷了。你要是擔心，就趕快回去啊！如果是你幫他治療，白嵐的傷也會早點痊癒吧！」王蜜公主嘻嘻笑道。

月夜王公被她調侃，忍不住繃起臉，卻還是匆匆動身。臨走前，他不忘回敬道：「王蜜公主，妳可要好好看著紅珠的靈魂，不能說玩膩了，就把那東西隨便丟掉啊！要是讓她重新轉世，可是會禍害重演的。」

「這你不用擔心。我絕不會放掉中意的靈魂……她的魂魄，永遠都會捏在我手裡！」王蜜公主輕輕笑了起來，笑容宛如一隻剛捕獲獵物的貓。

月夜王公回到姑獲鳥的洞窟前，看見烏天狗們正在給白嵐療傷。白嵐躺在地上，依然不省人事。他全身燒得焦黑，大概是受到雷獸的雷擊所致，好不容易長出來的頭髮，也全都被燒光了。烏天狗們正在給他上藥，其中幾個則是努力縫合被切下來的左臂。

一見到月夜王公，烏天狗們都瞪大眼睛：「月、月夜王公！您還活著？」「您、您沒事嗎？」

「吾這不是好好的嗎？白嵐呢？他還活著嗎？」月夜王公著急的問。

「是、是！他雖然傷成這樣，但應該還不至於會死。」有烏天狗回答。

「哦……哼，命倒是挺硬的！你們給他塗的是河童藥膏嗎？」月夜王公又問。

「是的！對、對不起，王蜜公主叫我們一定要給白嵐療傷。她說……否則我們一定會被您罵得體無完膚……所以，我們就……」有個烏天狗支支吾吾的答道。

「那隻妖貓！」月夜王公嘖了一聲，對神情緊張的烏天狗們說：「你們做的沒錯！吾跟白嵐本來就沒有打算互相廝殺。」

「咦？」烏天狗都嚇了一跳。

「那只是一場戲，吾跟白嵐套好的。要是不那麼做，就沒辦法把紅珠引出來了！」月夜王公說。

「那、那麼紅珠呢？」

「不用再擔心那女妖了！這裡已經沒事，你們去通知分散在各地的烏天狗，告訴他們不用再搜捕逃犯了，可以回家好好休息……大家都幹得很好，過些天吾再給你們好好慰勞一下！」月夜王公朗聲說。

「是，遵命！」「謝謝您！」烏天狗都非常高興，他們終於可以回家，可以見到家人，也可以吃熱騰騰的飯了！

於是，在一片歡天喜地聲中，烏天狗一齊展翅飛遠了。

等到四周空無一人，月夜王公才在白嵐身邊跪坐下來，將手伸到他焦黑的皮膚上。

源源不斷的妖力流進白嵐的身體，不一會兒，他的皮膚就恢復白淨，剛才烏天狗們縫了一半的斷臂，也完整的接回原位。而他自己炸掉的右手掌，則是開始長出新的骨和肉。

忽然，白嵐輕輕呼出一口氣。他閉著眼睛，微微開口：「紅珠呢？」

「抓到了。她再也逃不掉，也做不了任何惡事了！」月夜王公說。

「是王蜜公主下的手？」白嵐輕笑一聲：「不愧是那隻妖貓！」

月夜王公腦中浮現最後那令人不舒服的場面，便說：「真虧你猜到紅珠的打算！」

「我想了想，爲什麼她會叫我殺你？只要找到原因，答案自然就明白了……打從一開始，她的目標就是你啊！」白嵐說，他和彌助都不過是棋子，紅珠眞正想要的，只有月夜王公。

「一旦想通這點，就很容易算出紅珠的下一步，簡直不費吹灰之力……也許那女妖跟我是同類吧！」白嵐苦笑。

「哼，你跟她是像又不像啊！」月夜王公不以爲然道。

「是嗎？」白嵐問。

「是啊！你比她更狡猾……爲什麼不告訴吾？要是你早點說，就不會有這種結果了！」月夜王公本來想說的是，那麼吾就不會砍斷你的手臂了！可是話到嘴邊硬吞回去，因爲要是說出口，他一定會更加內疚。

聽出月夜王公悔恨的語氣，白嵐搖頭道：「那可不行。那個女妖太奸詐，只要嗅出一點不對勁，就絕對不會現身。所以，我誰也不能說。」

「那你爲什麼先告訴王蜜公主？」月夜王公不悅的反問。

「那隻妖貓另當別論。」白嵐答得乾脆。

月夜王公聽了，只感覺更不舒服。

另一邊，白嵐淡淡笑道：「總之是個好結局啊！這下彌助也得救了吧？」

「嗯，他一定沒事的……你起得來嗎？如果還不能動，吾可以背你。不過，你得先把眼珠還來，讓吾拿去給姑獲鳥。」月夜王公說。

「真囉嗦！待會再還不行嗎？」白嵐不情願的說。

「不行！馬上給吾還來，回去當你的千彌！你要是不聽，吾就不讓你見彌助！」月夜王公喝斥，卻又感到一點點高興。他已經很久沒跟誰這樣沒大沒小的說話了，好像回到遙遠的往日時光。

他決定暫時原諒這麼念舊的自己，畢竟，暴風雨已經過去了！

10

一切都結束了嗎……

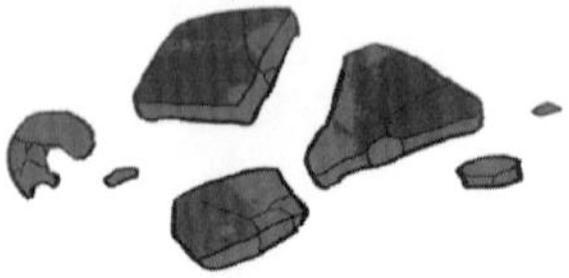

彌助被深紅色的荊棘纏住了。

那些荊棘像生物般蠕動著，在他身上蔓延。窸窸、窣窣……一根根粗大的刺鑽進體膚，痛得彌助像幼兒般哭號起來。他感到體內已經被刺得坑坑洞洞，不僅如此，從刺尖流出的毒液，令他全身燙得如同火燒，肌肉、血管、內臟紛紛開始焦爛。

好痛苦啊！拜託住手吧！彌助才剛張口哀號，荊棘就滑進嘴裡，刺得他的舌頭和喉嚨彷彿要四分五裂。

這麼痛苦，還不如快點死掉，死了應該會舒服一點吧！可是，那千哥怎麼辦？他會多麼傷心啊！

不行，我不能就這麼死了，留下千哥一個人。

彌助在無止盡的痛楚中哭泣，卻還是竭盡全力想活下去。

忽然，荊棘不見了！灼熱的毒液和疼痛，也如退潮般倏的消失無蹤。接著，傳來一個聲音：「彌助，已經沒事了！」

這個聲音他認得，是一直守護著自己的那個人。

彌助循著聲音的方向跑去，就在衝出黑暗的那一刻，他醒了。果然，第一個映入眼簾的，正是千彌的臉。

「千哥……」彌助細聲呼喚。

「彌助，你醒了！有沒有哪裡痛啊？」千彌溫柔的問。彌助動了動身體，一點都不痛。

「沒事，完全不痛！」彌助說。

「是嗎？那太好了！」千彌看起來無比高興，微笑著張開雙臂，彌助便一頭鑽進他懷裡。

「千哥……對不住，讓你擔心了吧？」彌助說。

「是啊，我可是擔心得很，身心都被折磨啊……你能得救眞是太好了！只要你沒事就好，沒事就好。」千彌欣慰的笑道。

就在這時，月夜王公抱著津弓進來了。

「哦，彌助醒了嗎？」月夜王公問。

「彌助，好久不見啦！你還好嗎？」津弓叫道。

對著盛氣凌人的月夜王公和愉快揮著手的津弓，千彌的臉色變得十分難看：「幹什麼？我好不容易跟彌助單獨相處，你們不要來吵啊！」

「這種話請你回自己的長屋再講。這裡可是吾的宮殿哪！」月夜王公立刻回嘴。

眼看他倆又要槓上，彌助趕緊大聲插嘴：「對了，紅珠呢？」

「她不在了……」月夜王公簡短的回答，聽起來卻無比沉重。

因此彌助不再追問，只說：「那我們都沒事了吧？」

「沒錯，你身上的妖術應該全部化解了，你們可以回去過從前的日子。長屋的結界也已經恢復原狀，妖怪會繼續去找你托兒。事情就是這樣，你們快點離開吾的宮殿！」月夜王公不客氣的說。

「啊？舅舅，您要把彌助趕回去了嗎？我還想跟彌助玩呀！」津弓噘起嘴說。

「津弓，下次再玩吧！雖然彌助身上的毒咒已解，但他還是得多休息。人類孩子是比較虛弱的。」月夜王公安撫道。

「是嗎？彌助，那你可以回去了！我會忍耐到下次，你趕快把身體養好吧！」津弓改口說。

月夜王公得意的對千彌說：「怎麼樣？吾有一個這麼體貼的甥兒，羨慕吧？」

「我家也有一個彌助，你家那種被寵壞的小孩，沒什麼可愛的！」千彌不客氣的頂嘴。

「你這傢伙……馬上給吾回去！」月夜王公怒吼。

道。

「不勞你說，這就回去。走吧！彌助，我們快回家吧！」千彌喚道。

於是，兩人就匆匆趕回太鼓長屋了。

一進門，只見房東的兒子久藏還在等他們。

「啊！你們回來了！太好了，彌助，你沒事吧？」久藏立刻衝上前。

彌助詫異的問：「久藏？你為什麼在這裡？我以為你早回去了！」

「你這笨蛋！我可是看見你被那男人勒住脖子咧！然後又看見你跟千彌被妖怪帶走，發生這種天大的事，教我怎麼回去啊？」久藏吼道。

彌助望著氣得跳腳的久藏，心底暗暗一驚。原來，他那麼爲我擔心啊！

「把我從三次手裡救出來的，果然是久藏呀……」彌助小聲說。

「唉！對手是個壯漢，我可是豁出去了呀……你沒事眞是太好了！當時看見你被那惡漢勒緊脖子，我還以爲你已經死了呢！」久藏說。

「謝謝你……救我一命。」彌助呑呑吐吐的說。

「嚇！這可眞奇了！你居然這麼有禮貌。哇，感覺有點噁心哪！」久藏故意裝作起雞皮疙瘩。沒想到，千彌竟緊緊握住他的手，說：「久藏！謝謝你！要不是你相救，彌助的下場不知會是如何。我一直以爲你是個無可救藥的傢伙，實在誤會了！從今以後，無論你什麼時候叫

我去喝酒，我都奉陪！即使你想幹偷雞摸狗的勾當，我也可以幫忙喔！」

「不、那就不用了……我也該回家了。對了，我已經把三次押給街上巡邏的官差了。三次說他什麼都不記得，大概是腦筋壞掉了吧！反正他暫時會被關在牢裡，你們應該可以放心。」久藏說。

「眞的是從頭到尾都得感謝久藏啊！」千彌感激的道謝。

「不用啦！這麼禮貌的話，聽了都發毛哪！」久藏叨叨念著，就回去了。

屋裡終於只剩彌助和千彌，他們相對微笑，千彌說：「好安靜啊！那麼……我們去睡覺吧！夜也深了！」

「嗯……對了，等一下！」彌助走到牆角，蹲下身，只見他腳邊散落著一些紅色的碎片。

「千哥……我剛才沒時間跟你說，朱狛牠……想救我，卻被三次拋向牆壁……摔破了！」彌助神情懊悔，似乎覺得自責。千彌輕輕把手放在他肩上，說：「你先把那些碎片搜集起來，或許還有救喔！

十郎也會修理付喪神，只要把碎片交給他，說不定可以修好土鈴。」

「意思是朱狛也許可以復活？」彌助又驚又喜，趕緊開始撿地上的碎片。他生怕漏掉任何一小塊，眼睛睜得好大，拼命尋找。

眞是個善良的孩子啊！千彌微笑著想。

彌助從小就是這樣，非常善良又惹人憐愛，眞是天賜的寶物。要不是遇見這孩子，自己到現在還在浪跡天涯呢！

想到這裡，千彌猛然一驚。自己究竟是在哪裡遇見彌助的？他好像想不起來了！

到底是什麼時候，又是在哪裡遇見他的呢？千彌怎麼都想不起來，這明明是不可能忘記的回憶啊！

他內心焦急，耳中卻聽到遠處有夜鴉在叫，那悲傷的鳥啼，有點像是姑獲鳥的聲音。

你必須付出代價，那將是無比沉重的代價……千彌想起姑獲鳥說的話，胸口不禁悸動起來。

這時，彌助回過頭，高興的說：「千哥，全部都撿起來了！」

「那好……我明天就把碎片拿去給十郎。」千彌說。

「我也想去啊！我想跟十郎道歉。」彌助說。

「你暫時都不許出門喔！你才剛遭遇大難，如果一定要向十郎道歉，我就叫他到這裡來吧！」千彌立刻說。

「我已經沒事啦！」彌助抗議。

「做決定的是我喔！」千彌微笑道。

跟養兒你一言我一語的快樂，令千彌心中的疙瘩煙消雲散。

是的，沒什麼好擔心的。不過是最近發生太多事，稍微健忘些而已，應該很快會再想起來的。千彌安慰自己。

然而，外頭的夜鴉卻依然叫個不停，那鳥啼就像嘲笑似的，一聲聲說著：錯了！錯了……。

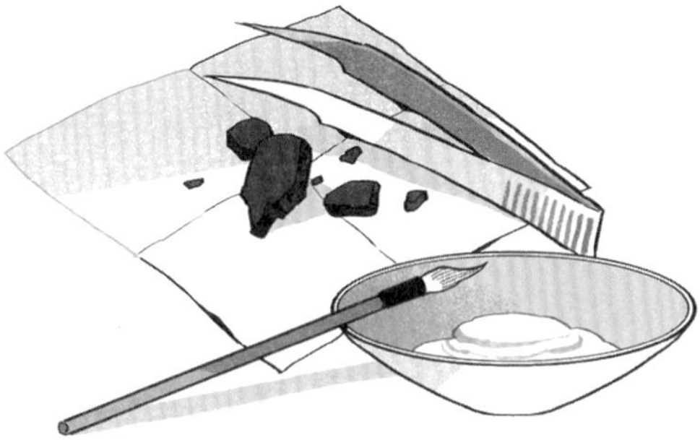

媒人公的一天

1

「實在很對不起……」彌助用小得快聽不見的聲音說著，將手上的布巾遞出去。

媒人公十郎看見布巾上的東西，一時說不出話來。

只見布巾上頭，是一堆像小山似的薄薄碎片。那是朱狛，也就是紅狗模樣的土鈴付喪神。

想不到前些天被借走的付喪神，竟然會變成這副慘相。

感覺到十郎臉色難看，彌助的養親千彌趕緊告訴他朱狛被摔破的經過。

「所以說，彌助一點錯都沒有。朱狛會變成這樣，不是他的過失呀！」千彌用力強調。

「我知道……」十郎微微一笑，對垂頭喪氣的彌助說：「誰能怪你呢？朱狛已經完成牠的使命。因爲牠拼盡全力，你才能得救，不是嗎？對朱狛而言，應該再欣慰不過了！」

「可是，牠是爲了我才變成這些碎片啊！」彌助的眼睛哭得通紅，十郎憐愛的安慰他道：「不是啦！你不要那麼傷心嘛！這樣好了，我來告訴你朱狛的故事吧！」

十郎緩緩說起朱狛的身世：「朱狛是很久以前的一個陶匠做的，

他的手藝很好，尤其對精巧的小東西特別拿手。而那個陶匠，有個體弱多病的女兒。」為了讓女兒健康長大，陶匠就做了一個辟邪用的土鈴。

自古以來，人們相信鈴鐺是可以呼喚神明的東西，它的聲音能祛除不潔之物。

那陶匠做的土鈴，外觀並非普通的圓形，而是捏成狗的形狀，因為狗天性會保護主人。此外，他還在表面塗了象徵辟邪的紅漆。

「陶匠傾注了全部的心血和祈願，終於做出這個土鈴。果然，這個土鈴擁有神奇的力量，那虛弱的女孩將它帶在身邊，氣色就一天天好轉起來。」

就這樣，陶匠的女兒雖然成長得不算快，卻也平安無事度過三個春天。七歲的時候，她參加了天神的祭典；九歲那年正月，她也能夠隨父母去參拜。

一年又一年過去，女孩漸漸長大，看上了一個跟父親做同樣工作的年輕陶匠。她出嫁那天，帶走了紅狗土鈴。「這是我的貼身守護符。」女孩說。

日後，土鈴又傳給她的子女。於是一代接一代，這個辟邪土鈴被用心保存，代代相傳。

「可是最後，那陶匠家族沒有子嗣了。當我遇見朱狛的時候，牠正孤零零的守在墓地裡。」十郎說。

「墓地……」彌助喃喃道。

「是的。牠無精打采的坐在一個墓碑上頭，雖然已經覺醒成付喪

神，卻沒法離開那裡。因爲牠的本體土鈴，已經跟主人一起被封進棺木，埋葬到地下了。當時我想，這可不行，就擅自挖開墳土，把土鈴從棺木裡取出來。」

十郎溫和的笑了笑，續道：「所以你懂了吧？朱狛本來就是爲了守護孩子而造出來的土鈴。牠成功救了彌助，便已經得到回報。朱狛並沒有遺憾，所以你也不用責備自己，明白嗎？」

說完，十郎再次端詳粉碎的土鈴，說：「不過你把這麼多碎片都找齊了……說不定我有辦法修復牠。」

「眞的嗎？」彌助大喜過望。

「嗯，如果修好了，我再把牠帶來給你看。這樣你也才會安心吧！」十郎說。

「好，那麼就拜託了！我……還想見到朱狛啊！」彌助懇求道。

「我也是啊！」十郎說完，就告別彌助和千彌，將那些碎片小心收進懷裡，走出太鼓長屋。

「唉，接下來該怎麼辦呢？」十郎喃喃自語。其實他心中很苦惱，也十分焦急。

付喪神是妖怪當中很特殊的一族。歷代主人的情感，在百年歲月積累之中，一點一點融進器物，從而化為靈魂。如此誕生的妖怪，就稱做付喪神。

可是，付喪神的靈魂就像泡沫一般脆弱。只要它的本體受到一絲損傷，付喪神就會消失，而失去依歸的靈魂，也存活不了多久。隨著時間流逝，會愈來愈稀薄。

聽說這個土鈴是兩天前被打碎的，那麼它的付喪神時日無多了，在這兩天中，朱狛的靈魂已經變得十分稀薄，十郎必須在牠完全消失以前，將土鈴恢復原狀，才能把朱狛召喚回來。

十郎眞的很喜歡朱狛，牠是個很愛孩子的付喪神。牠有著大紅狗的身形，經常向十郎撒嬌。如果朱狛從此消失在這個世上，那該有多麼寂寞啊！眞希望牠可以回來啊！

就在這時，十郎猛然想起：「對了……聽說東方地宮有個手藝很好的師傅……不如去拜託看看，說不定會有幫助吧？」

他決定試試，便往東方地宮趕去。

2

這裡是妖怪奉行所的東方地宮。每天從早到晚，都有烏天狗穿梭來去，行色匆匆，他們不是正要出動去抓爲非作歹的妖怪，就是要將抓到的妖怪押解到裁判所接受審判。

一旦接到案件通報，這些勇敢的年輕烏天狗們，就會一齊展翅起飛，雄壯威武的振翅聲宛如暴風雨般，附近的妖怪們聽了，都會嘖嘖稱奇。

然而，那天的東方地宮卻非常安靜。這也難怪，那些烏天狗為了追緝逃犯，都奔忙了半個多月，如今終於能喘口氣，休假去了。

在奉行所留守的，只剩一些不出外勤的年老烏天狗。只見他們正在將送進來的訴狀分類，動作十分緩慢。

忽然，安靜的氣氛被打破了，只聽西南角傳來一陣咆哮：「這群混蛋烏鴉……！」

咆哮聲的主人是東方地宮的武具師[5]，名叫阿碧。她是個長了四隻強壯手臂的女妖怪，臉蛋很美，不過，奉行所的烏天狗沒有一個敢追求她。

阿碧是個手藝高超的工匠，她不僅會製作武具，也會發明各種新奇物品。像是吃一顆就能填飽肚子的兵糧丸、絕對切不斷的剛力繩、能發出強光令敵人眼花的鬼花火等等。阿碧的發明太多了，而且都很管用。

只是，發明過程中也不是沒出過問題。阿碧會把她正在研發的作品，試驗在烏天狗身上。例如那個兵糧丸，在發明成功以前，不知讓多少烏天狗吃壞了肚子。因此，那些烏天狗都對阿碧敬而遠之，甚至覺得她比月夜王公還可怕。

然而現在，阿碧的臉因爲盛怒而漲得通紅。在她面前的，是一堆像小山般的武具，一件件都沾滿汙泥，甚至發出令人掩鼻的惡臭。

這些是那群出動追捕逃犯的烏天狗所穿的甲冑，因爲連續穿太久了，才會變成這副慘狀。他們大概不敢當面把這些東西交給阿碧，便偷偷擱在她的工坊門口。

阿碧站在這座骯髒的武具山前，憤怒得全身發抖：「太、太可惡，了！太缺德了！那些傢伙竟敢……把這樣的東西丟回來給我！至少也得洗乾淨再還呀！」

阿碧一邊咒罵，一邊取來裝滿水的特大號水盆，將洗滌衣物用的灰[6]大把灑進去。接著她先把骯髒的武具泡在盆裡，再一件件拿起來仔細刷洗，清除上頭的汙跡。

可是，吸飽汗水和汙泥的的武具卻很難刷乾淨，更別提有的金屬配件已經生鏽，也有的皮革開始腐爛了。

「可惡，這個也不行了！我得把金屬配件拆下來，再縫上新的底布。這些金屬已經生鏽，還得用除鏽劑處理……啊啊——氣死我了！既然這樣，我就要他們徹底償還我付出的勞力！」阿碧暗暗決定，絕對要把堆在倉庫的半成品全都拿出來，用烏天狗們做各種實驗。

「首先是防火頭巾跟防火衣，那是用噴火蛙的胃袋做的，味道奇臭無比，那些烏天狗可有得受了！再來是忍術用的祕方，要是成功了就可以讓身體變顏色，不過那是用大蛇果煉成的，搞不好會害他們羽毛掉光光。嘿嘿，我才不管咧！最好都給我變成光溜溜的烏鴉！」阿碧嘴裡咒罵，四隻手臂卻還是不停的刷洗武具。

「請問……」忽然，背後傳來一個拘謹的聲音。

八成又是哪個烏天狗送來骯髒的武具！阿碧翻了個白眼，沒好氣的說道：「幹什麼呀？我今天一個都不能再多收了！這裡已經滿坑滿谷，你沒看見嗎？」

可是，當她轉頭一看，卻發現是個素未謀面的男人。男人容貌溫和，頭上包著一條布巾，背上扛著一個大包袱，看起來像遊走各地做買賣的商人。

「你是誰呀？如果要向月夜王公呈遞訴狀，可是走錯地方了！」阿碧說。

「不，我是來找武具師阿碧。」那男人說。

「我就是阿碧，你有什麼事？」阿碧覺得奇怪。

「哦，我是付喪神媒人公十郎。現在手上有一個破掉的土鈴付喪神，可以請妳幫我修理嗎？」十郎禮貌的說完，就從懷裡掏出一包碎片給她看。阿碧看了一下，沉吟道：「這個有點困難啊！雖然不是完全不行……」

「拜託妳！我不想失去這個孩子，牠很可愛呀！」十郎的眼神和聲音滿是哀求，阿碧不由得被打動了。

「那這樣吧！我現在就幫你修理，不過在我修理的時候，你得幫我清洗這一堆武具。」阿碧伸手往旁邊一指。

「這、這一山全部嗎？」十郎有些吃驚。

「你要是不願意也沒關係，不過幫你修土鈴就得延緩了。我不能丟下這些髒東西不管呀！」阿碧四手一攤。

「我洗……！」十郎一副認命的表情，令阿碧很滿意。她一邊在心裡偷笑，一邊對十郎說：「那就拜託啦！你只要大概刷洗一遍就可以了。洗好的東西就擱在這邊檯子上，還有，那些破爛的布面和皮革，已經不能用了，請你把上頭連接的金屬拆下來。來，這把小刀給你用。」

「是、是！」十郎溫順的回答。

「那我就進去倉庫了！」阿碧指指一旁的兩棟倉庫，它們像雙生兒般並排在一起，其中一間是放武具的儲藏庫，另一間是阿碧的製作工坊。

「開著門的那個倉庫是我的工坊……老實說，我沒把握能把它完全修好，不過我盡力就是了！」阿碧說。

「千萬拜託了！」十郎恭謹的低下頭。

「欸，那你可要努力清洗武具喔！」阿碧說完，就把洗滌工作交給十郎，自己拿著土鈴碎片往倉庫走去。

倉庫中堆滿了各種工具，從巨大的火灶到打鐵的鐵床、大鍋、鋸子、木槌、鉗子等等，應有盡有。此外，還有各種阿碧自己做的小刀和大大小小的剪刀。

除了工具以外，各種材料也堆積如山。既有普通的鐵和銅，也有貴重的銀鋼、冰姬的眼淚結晶、疊在一塊的鬼鼠毛皮、遠雷蝶的翅膀、細語藤蔓的果實等等。地上則是堆著一袋袋木炭，棚架上羅列裝滿藥草的瓶罐。這裡就是阿碧的私人城堡。

「我來救你嘍！一定會讓你恢復原來的樣子。」阿碧溫柔的對土鈴碎片說。接著，她把碎片擱在工作檯上，取出細毛筆、像鑷子的工具，以及裝著黏膠的小罐子，整齊排放。

首先，她試著把大的碎片接合。只要找到可以合上的，就用細毛筆蘸黏膠，塗在碎片的斷面，再把它們緊緊壓合。一塊又一塊，碎片的數量逐漸減少了。

但是，小碎片卻更加傷神。她必須非常小心的用像鑷子的小工具，將碎片一個個夾起來，如果太用力，一不小心就會把小碎片夾得粉碎。

由於這個工作得集中全副精神，阿碧非常努力的沉住氣。她並不急著完工，卻也絲毫不敢懈怠。因爲她知道，這個付喪神的靈魂，已經沒剩多少時間了。

5 武具：日本古代戰鬥用的器具統稱，通常包含刀械、暗器等攻擊性武器，甲冑、頭盔、護手、護膝等防具，以及軍旗、指揮用的團扇、馬具等裝備。

6 灰：日本古時候會將草木燒成的灰燼泡到水裡，產生鹼性的「灰汁」，可以用來洗滌衣物器皿、加工食物、清潔傷口等，用途廣泛。江戶時期，家家戶戶都會有一個底部開孔的水桶，裡頭裝滿灰汁，需要時便可直接取用，稱爲「灰汁桶」。

3

另一邊，被要求刷洗武具的十郎，正在小聲嘆氣：「雖說本來就有打算給她報酬，沒想到居然是這樣的。」

無論如何，終究是爲了朱狛。於是他挽起袖子，認分的面對水盆。

他照阿碧教的，先把所有東西大致洗了一遍，再將還能用的放在檯子上，已經不能用的就擱在旁邊。

當他終於洗完所有武具，雙手已經變得通紅，而且因爲用同一個姿勢蹲太久，腰骨僵硬，一動就咯咯作響。

十郎站起身，一邊扭動腰部，一邊往倉庫裡窺探。可是，裡頭靜悄悄的，也不見阿碧要出來的樣子。她大概正在努力接合碎片吧！十郎不敢打擾她，便打消進去瞧瞧的念頭。

何況，他的工作也還沒完呢！接下來，他必須從破爛的武具中，把連接的鐵片取出來。這工作非常棘手，因爲那些鐵片都和底布牢牢縫在一起，而且縫得很細。他得用小刀把縫線切斷，再一個個解開。

最後，十郎還是決定呼叫救兵。他打開包袱，取出一把小剪刀，對它喊道：「切子！」

忽然，剪刀的外形開始改變，轉眼就化成一個可以站在掌心上的袖珍女孩。她的皮膚是像鋼一般的銀灰色，穿著淺黃色的和服，兩隻小手長得跟剪刀一模一樣。

理髮刀付喪神切子一面打呵欠，一面抬頭看十郎，問：「十郎，怎麼啦？你找到我的新主人了嗎？」

「抱歉啊！還沒有。切子，妳可以幫我一個忙嗎？」十郎跟她說完事情原委，只見切子的臉色變得很臭：「不要啦！我可是理髮刀的付喪神，不是做裁縫的剪刀。還有，要是沾到這些溼答答的東西，我可是會生鏽的！」

十郎聽了趕緊說：「不用擔心，做完以後我會把妳磨得又光又亮。妳不是最喜歡被磨刀嗎？拜託啦！小剪刀的付喪神菊丸被借走了，大武士刀翔龍又不會做這種小事，我只能靠妳了！」

「好吧……既然你這麼說，我只好答應了！不過，下回你可得讓我吃一堆好頭髮，要挑長得好看的年輕男子喔！」切子大牌的說。

「沒問題！我一定會找來最俊俏的男士頭髮，讓妳吃到飽！」十郎保證道。

有了切子加入，十郎的工作登時順暢起來。切子伸出兩隻剪刀手，迅速的將武具縫線一一剪開，十郎再從中抽出斷線，把鐵片拔下來。

清理到一半，十郎心中忽然冒出特別的感覺。

這些潮溼鐵片發出的金屬臭味，跟血的腥臭十分相像。隨著這個念頭浮現，一連串回憶頓時在十郎的腦海中甦醒了。

十郎原本是個人類，不過那是很久很久以前的事了。

當他還在襁褓中時，就被丟到一座寺廟裡，所以從來不知道父母是誰。由於他是那座寺廟撿到的第十個孩子，所以被取名「十郎」。

十郎從小就是個好脾氣又懂事的孩子，大人想要什麼他馬上就能領會，其他的孤兒們吵架，他也會立刻站出來排解。這樣的才能令他備受看重，最終被掌管當地的富豪家族延攬去工作。

聰明的十郎受到宅邸上下眾人的歡迎，其中甚至有人教他練武。後來，教導他的人發現十郎學習能力很強，認為他只當個小雜工太可惜，便將他介紹給主人。

於是，十郎升格為主人的貼身隨從，開始學習讀書識字、弓箭刀槍和進退禮儀，才不到兩年，他就變得像一名貴公子般，風度翩翩又有教養。

儘管眾人都對十郎的改變感到驚訝，他自己卻一點都不覺得意外。

他很清楚，若要獨力在這世上生存，就必須盡可能把得到的資源和知識轉變成自己的養分，就像他善於解讀別人的心事一般，這些都是他的生存之道。

十郎十四歲那年，被派去服侍主人的獨生女綾姬。他覺得非常幸運，因爲八歲的綾姬是主人和夫人的千金寶貝，只要得到綾姬歡心，自己的前途就能一帆風順。因此，十郎全心全意的伺候綾姬。

十郎不僅得保護綾姬、當她的玩伴，還得隨時應付她的大小姐脾氣。往往在綾姬開口前，他就會說：「您想要這個嗎？」然後很快的把那東西遞上。若綾姬想出門玩，十郎也會立刻附和：「今天眞是外出的好日子呀！」如此哄她高興。

這麼貼心又能幹的十郎，綾姬自然沒有不喜歡之理。甚至，只要十郎不在身邊，她就會發脾氣。

只是，時光荏苒，孩子終究會長大成人。隨著綾姬愈來愈漂亮，上門提親的人也越發絡繹不絕。

綾姬十六歲那年，她的婚事定下來了。對方是勢力雄厚的名門家族長子，時年二十二，名叫總一郎。由於武藝高強，他在附近一帶家喻戶曉。

起初，綾姬聽聞總一郎的名聲時，心頭雀躍不已，經常向十郎提起未婚夫：「聽說總一郎深得民心，個性很好，無論誰碰上麻煩他都會幫忙。哎，他究竟長什麼樣子呢？一定是我喜歡的那樣吧！十郎，你也這麼覺得嗎？」

「是啊！」十郎順著小姐的心思，點了點頭。

終於，到了綾姬和未婚夫見面的那一天，對方登門拜訪親家。騎著一匹健壯灰馬的總一郎，是個塊頭和馬不相上下的大漢，不僅身形壯碩，手臂上還長著猴子般的黑色硬毛。他的長相也稱不上好看，眼睛很小，鼻子很圓，皮膚曬得黝黑，臉上長滿痘疤，牙齒排列不整，簡直就像野豬的嘴。

十郎心裡暗叫不妙，總一郎長得實在跟綾姬的想像差太遠了！綾姬見到他一定會非常失望。

儘管如此，綾姬臉上還是堆滿笑容，對總一郎說：「歡迎你遠道前來，我們今晚要開迎賓宴，請一定要賞光。」

「哦，承蒙招待，實在感激。我一定會參加。」總一郎高興的笑了，顯然他對綾姬一見傾心。

接著，綾姬便先行告退回房，當然，十郎也跟著退下。

等到房裡只剩他們兩人，綾姬就大叫起來：「你看見了吧！看見他那一身黑毛了嗎？哇，太噁心了！你也覺得難看吧？你剛剛心裡是怎麼想的？老實告訴我！」

「這個……」十郎說不出口。確實，總一郎長相醜陋，但是個性感覺非常溫和善良。

十郎很謹慎的選擇字眼，慢慢的說：「他的確不能稱做美男子，不過，心腸似乎好得無可挑剔。」

「你這麼覺得嗎……？」綾姬問。

「是的，他的手下好像都很喜歡他，應該是個值得信賴的人。」十郎答道。

綾姬聽了，垂頭嘆氣一會，卻又忽然抬起頭來，直直盯著十郎：「十郎，你必須實現我的願望！我現在想做什麼，你應該知道吧？」

對現在的十郎而言，解讀綾姬的心思就像呼吸般簡單，他立刻就明白了，不禁倒抽一口氣：「那……那可不行！絕對不能做那種事啊！」

「叫你做就做！」綾姬目露凶光，逼迫道：「你要是真的對我忠心耿耿，就給我動手！去把那人殺了！做得到的話，我就請父親提高你的地位，讓你可以當我的夫婿。」

十郎心想，怎麼可能？即使是愛女的懇求，主人也絕不會答應他們的婚事。於是他只能拼命搖頭：「不可以，絕對不行！」

綾姬的眼睛一豎，冷冷說道：「是嗎？你竟敢不聽我的話……虧我這麼信賴你，真是白費了！」

十郎沉默不語。

「算了！」綾姬忿忿的別過身，斥道：「給我滾遠一點！暫時都不要讓我看見你！」

十郎只好聽話的退出房間。由於心中不安，他的腳步有點踉蹌。

既然已經惹怒綾姬，以後該怎麼辦呢？他會不會被當成無用之物，趕出這個家？對十郎而言，實在沒有比無家可歸更可怕的事了！

到底該不該幫綾姬達成願望？不，這回絕不能任她擺布，這可是攸關人命的惡行啊！可是，如果被趕出家門，從小到大的努力不就都泡湯了？還是應該奉命行事吧？不過，該怎麼做呢？

十郎不知如何是好，心中苦惱萬分，便往馬廄走去，打算騎馬出去溜溜。

誰知才踏進馬廄，竟看見一個意想不到的人。

是總一郎。十郎以爲他正在客房休息，沒想到卻是在馬廄裡梳理那匹灰馬的毛。

十郎愣在原地，被總一郎發現了：「哦，剛剛有見過你呀！」

「是、是，我是小姐的僕人，名叫十郎。您、您如果要照顧馬，可以交給這裡的馬夫……」十郎呑呑吐吐的說。

「不，這匹馬叫銀風，除了我之外誰都不能伺候牠。牠的脾氣暴烈，但是跑得飛快，性格也很勇敢。我爲了馴服牠，花了整整一年，現在我們已經是最親密的朋友了！」總一郎撫摸著愛馬的鬃毛，愉快的說。

就在這時候，十郎腦中猛然閃過一個念頭。

現在四下無人，如果趁機把總一郎打倒在地，再讓這匹駿馬踩踏，他就可以跟別人說：「這匹馬忽然發瘋，把總一郎踩死了！」

要動手只有趁現在。現在就可以實現綾姬的心願。十郎的手指不自覺動了起來，他裝作若無其事的繞到總一郎背後。

然而，當十郎正要上前一步下手時，總一郎忽然轉過身，問他：「你服侍小姐幾年了？」

「八……八年了！」十郎嚇一大跳。

「那你應該知道許多小姐的事吧？可以告訴我嗎？」總一郎問。

小姐喜歡吃什麼？興趣是什麼？喜愛的顏色和小東西又是哪些？

總一郎不停問東問西，十郎不禁仔細打量眼前這個男人。他感覺原來凝聚在心中的殺意，似乎正一點一點逐漸瓦解。

不，他不能下手，這個男人不該被殺。總一郎既誠實又認眞，的確是個好青年。不如說，是綾姬配不上他。十郎心想，得把這個發現告訴綾姬，勸她住手。他必須老實說出自己的感覺，如果因此被趕出主人家，那也只好認命了！

下定決心後，十郎的心情頓時豁然開朗。

他誠懇的對總一郎微笑道：「總一郎少爺，小姐喜歡可愛的東西，如果送她小鳥或小狗，她應該會很高興。她常穿顏色輕柔淡雅的衣服，像是櫻花或紫藤花的顏色。她喜歡吃甜食，尤其是糯米做的糕點。」

「哦，原來如此！那我馬上去買糯米做的糕點，還有櫻花和紫藤花顏色的衣服！」總一郎興奮的說。

「是，那麼……總一郎少爺，我先告退了！」十郎低頭行禮。

「好，那請你有空再告訴我別的。」總一郎爽朗的笑道。

十郎離開馬廄，往綾姬的房間走去。他知道現在回去，一定會挨一頓罵，可是他不能退縮，必須在晚宴之前，跟綾姬把話說清楚。

然而，綾姬卻不在房裡。只見她的桌上不知何時多了一束花，那是開滿白色小花的可愛野花。

十郎一看見那白花，臉色登時變得鐵青。

綾姬小時候曾在花園裡發現這種花，吵著要摘。當時十郎告訴她，那是有毒的花：「這個叫毒芹，跟芹菜長得一模一樣，可是卻有劇毒。很多不小心吃下這種花的人都死了，所以妳絕對不能摘喔！」

「明明是那麼可愛的花……我知道了，我不會摘它的。」小綾姬很認眞的點頭。

可是，那種花現在卻出現在這裡。這代表著什麼，十郎不用想也知道。

「你要是不做，我就自己動手！」毒芹花中彷彿傳來綾姬的聲音，十郎猛然回神，轉身奔出房間。

綾姬是想趁晚宴的時候，在酒或菜餚裡下毒，把總一郎殺死吧！這件事若傳出去，也許會引發兩家之間的大戰。到時候會怎麼樣？在這裡工作的人呢？附近的農民呢？

只因綾姬的膚淺無知，許多人的和平生活將會支離破碎，這是絕對無法容許的。還是去向主人和夫人稟告吧！十郎暗暗決定。

誰知當他正要進入宴會廳時，立刻被幾個家丁擋住去路。

十郎還沒來得及叫他們讓開，那幾個人便像蝗蟲般撲上來，七手八腳的將十郎抓住，五花大綁扔進附近的小房間。

十郎驚訝得瞪大眼睛，問：「發生什麼事了？你們爲什麼……？」

「小姐吩咐，絕對不能讓你踏進宴席！」其中一人說。

「小、小姐……？」十郎更加吃驚。

「是啊！你在打什麼主意？小姐可是怕得要命哪！」另一個人說。

「不、不是我！想幹壞事的是小姐啊！我必須阻止她！放開我！我得趕快過去呀！」十郎急得大叫，那些人卻毫不理會，甚至還把他的嘴巴封起來。

「宴會結束前，你就乖乖待在這裡，等散席後我們再好好聽你說！」說完，那些家丁就離開了，將十郎獨自留在小房間。

十郎躺在地上，恨得牙癢癢的。他太小看綾姬了！沒想到她的手段如此陰狠。可是，已經沒時間後悔了。十郎翻身滾向牆角，撞倒一個陶甕，再使勁用身體把它壓破。

拿到一塊碎片後，他便試著割斷手上的繩子。雖然割得滿手都是傷，但總算感覺到繩子鬆脫了。

雙手一獲得自由，十郎又立刻去解腳上的繩子。即使手指幾乎麻痺，他還是奮力掙開束縛。

十郎搖搖晃晃的站起來，猛力朝緊閉的門撞去。這裡畢竟不是監牢，只是普通的小房間，那扇門被這麼一撞，登時轟然倒下。

「哇——！」只聽外頭傳來女人的尖叫，十郎卻毫不理會。他迅速爬起身，順手撿起地上的一根棍棒，沿著走廊奔了出去。

十郎來到宴會廳，宴席已經開始了，只見綾姬坐在最裡邊的上位，正在爲總一郎斟酒。她的表情很可愛，眼中卻流露出凶光。

一定是那杯酒！十郎一眼就知道，那杯酒已經被下毒了！他顧不得禮數，便往席間衝去。看見雙手和衣服都沾滿血的十郎突然出現，衆人紛紛驚呼起來。

「發生什麼事？」

「是十郎？」

「他幹了什麼？怎麼都是血！」

「喂，不是叫你們把他抓住綁起來嗎？」

「他怎麼會在這裡？」

一片混亂中，十郎拼命想叫總一郎不要喝那杯酒，但他還來不及開口，有人便尖聲叫了起來：「快抓住十郎！他要把總一郎殺了！」

那聲音的主人正是綾姬。只見她橫眉豎目，纖細的手指直直指向十郎。

此話一出，所有人都愣住了，連十郎也張口結舌。綾姬逮住機會，故作顫抖的說：「我不敢告訴別人，十郎一直對我有非分之想。只要我們獨處的時候，他就會強迫我跟他親熱……」

「是、是眞的嗎？綾姬！」夫人震驚的問。

「是的，娘！我……很怕十郎，不敢跟任何人說。總一郎和我訂親後，十郎很生氣，一直說要殺了他，所以剛剛我才叫人把十郎關起來，不讓他靠近宴席，沒想到，他居然逃出來了……」綾姬邊說邊發抖，十郎看了忍不住想笑。

這麼荒唐的話，誰會相信啊？十郎心想。誰知當他一轉頭，卻驚覺滿堂眾人都對他怒目相視。

十郎竟敢幹出那種事……。

不，仔細想想，他不是一直都形影不離的跟在小姐身邊嗎？

他竟敢做出這種背叛主子的事！

出身不詳的人果然還是信不得啊！

那些人心裡在想什麼，十郎比誰都清楚。只因綾姬的一席話，就讓大家對他完全改觀。現在已經沒有人站在十郎那一邊，他多年付出的努力和心血，轉眼間都化爲烏有了！

令人絕望的無力感排山倒海襲來，十郎不願就這麼被擊垮，他決心要說出眞相，正要開口時，卻又再次被打斷。

「你這傢伙！」只見總一郎朝他奔來，手裡拿著一個長燭台當武器。

十郎舉起木棍，勉強擋下總一郎的重重一擊，但是對方力氣實在太大，他只得逃往面向庭園的走廊。

十郎下意識想求救，回頭望向綾姬，這一看，卻令他差點無法呼吸。

原來綾姬也正在看著他。她用袖子遮住半邊臉，眼睛卻發出野獸般的光芒，嘴角更是微微帶笑。

殺了他！互相殘殺吧！兩個都死了最好！十郎彷彿可以聽到綾姬

在想什麼，不禁頭暈目眩。

沒想到，他不過是違背一次綾姬的命令，竟能讓她如此憎恨自己！不，不是這樣，十郎終於明白，綾姬想要的只是對她言聽計從的傀儡，如果自己不再任她擺布，就會跟路邊的石頭一樣，再也沒有用處了！

可是，十郎卻沒看穿綾姬的本性。他以爲自己很善解人心，卻從未發現綾姬的可愛外表下隱藏的眞面目，反而澈底被玩弄於股掌之上。

確實是輸了！十郎萬念俱灰。不如就此被了結吧！

不，我不想死在這裡！我不想死在綾姬面前！十郎心想，更何況對方是總一郎，他不想殺這個人，也不願被他殺掉。

十郎握緊手中的木棍，靠近總一郎，在他耳邊輕聲說：「請務必留心綾姬，她配不上你。那女人長得很美，心腸卻很歹毒。你把剛才她給你斟的酒倒進池塘試試，一定會看見翻白肚的死魚浮上來。」

「什、什麼？」總一郎大吃一驚。

「如果你還是想娶她爲妻，就得處處留心了……總一郎少爺，我可是喜歡你才跟你說這些的！」十郎微微一笑，總一郎手上的力道頓時鬆了鬆。十郎沒有放過這個瞬間，伸腳往總一郎的腿一掃，將他絆倒在地。

接著，十郎拔腿奔出庭園。

「他逃了！」

「快追！不要讓他逃掉！」

身後傳來家丁的呼喊，和綾姬心有不甘的尖叫，十郎卻只顧拼了命往前跑。

他翻過大宅的圍牆，逃進附近的山裡。在茂密的草木中走了不知多久，四周愈來愈暗，終於，夜幕低垂了。

然而，十郎還是沒有停下腳步。由於疲勞和痠痛，他的腦袋漸漸意識不清。再這樣下去，自己就要死了！十郎迷迷糊糊的想著，仍然不由自主往山的最深處走去……。

當他回過神來，發現自己身在一個奇異的地方。

眼前到處長滿奇特的野草，莖幹纖細，葉片細長如竹葉，顏色卻是月光般的銀白。不僅如此，每一枝莖幹頂部，都長著一個骷髏頭。那些拳頭般大的黑色骷髏頭，宛如花朵似的生在莖幹最頂端。

四周並沒有風，骷髏頭卻左右搖擺，一齊轉過來看著十郎。這不可思議的奇景，令十郎不由得停下腳步。

「咯咯咯……」忽然，頭頂傳來詭異的笑聲。

十郎抬頭一看，只見一根白色的枯木上頭，坐著一個骷髏。這個骷髏有整副骨架，身穿一套黑色和服，前額長出一根角，下顎留著很長的白鬍鬚，在他那對深洞般的眼窩中，燃著兩團小小的綠色火焰。

是鬼啊！十郎想，但他並不害怕，大概是因爲骷髏老人笑得很開心的緣故。

「又是個迷路的人類嗎？你是誰呀？爲什麼來這裡？」骷髏老人問。

「我……爲什麼來這裡，我也不知道……。請問，這是死後的世界嗎？」十郎問。

「不，這兒只是妖怪界的一隅，叫做骨頭森林。老夫是這兒的守護者，大家都叫老夫骷髏長老。哎，老夫看得出你爲什麼來這兒咧！」骷髏老人說。

「是嗎？」十郎很驚奇。

「是啊！凡是充滿絕望、憤怒或悲傷的人類走進山裡，很容易就會迷失方向。一旦迷失人間的方向，就會踏進妖怪的世界。怎麼樣？老夫猜得沒錯吧？」

「確實是呢……」十郎的確感到絕望，無論是對綾姬，或是大宅裡的人。但最令他失望透頂的，莫過於自己。

見十郎垂頭喪氣，骷髏長老便提議道：「不如，你來說說自己的經歷吧？老夫最喜歡聽迷途的人類講故事，這裡的骷髏妖花們，也都等不及要聽你的遭遇哪！」

「是……」十郎點點頭，開始緩緩說起自己的過去。

由於是孤兒，他一輩子都在尋求自己的歸屬，不停的討旁人歡心，更因爲這樣，鍛鍊出解讀人心的本領。可是，明明隨侍了八年，他竟然沒看出綾姬的本性。十郎說著說著，越發對自己的不幸和愚笨感到悔恨萬分。

聽完十郎傾吐，骷髏長老用力點頭道：「這麼看來，你可眞是太傲慢了！人類是很複雜的生物，惡人可能有一顆善良的心，善人也可能會傷害別人。你這麼年輕就想看透人心，根本是不可能的。」

聽到這麼直截了當的批評，令十郎更加羞愧難當，巴不得立刻從這個世界上消失。

骷髏長老大概是看穿他的心思，又大笑起來：「你要是眞覺得丟臉，不如多看看人間的眾生相吧！」

「咦？」十郎不懂。

「你可以看到滿足，看得澈底，盡情的了解人類。不過要想如此，你就不能頂著那副身體。人類的身體既脆弱又轉瞬即滅……你想重新活過嗎？若變成妖怪，就可以繼續探究人心喔！」骷髏長老問。

「變成妖怪……你是說我嗎？」十郎驚訝道。

「是呀！反正你已經逃到這裡了，不如就繼續逃吧！當妖怪可好咧！不用被人情束縛，如果想要的話，也可以只跟喜歡的人類來往……你其實很喜歡人類吧？」長老又問。

最後一句話，深深打動十郎的心。他的確喜歡人，也想知道更多關於人的事。他渴望更深入探究人心的奧祕。若要追求那樣的境界，人類的生命實在太短暫了。

於是，十郎接受了骷髏長老的提議。

他依照長老的指示，摘下一朵骷髏妖花。骷髏的眼窩流出紅色淚水，十郎將那黏稠的淚水吞進口中，味道苦中帶甜。

吞下妖花的眼淚花蜜後，十郎感到一陣濃濃睡意襲來，他再也站不住，當場倒地。矇矓間，只覺自己似乎陷入了很長很長的休眠。

當十郎再次睜開眼睛的那一刻，他就已不再是人類了……。

4

「十郎！十郎！」聽到有誰在叫自己的名字，十郎瞬間驚醒。定睛一看，只見付喪神切子就坐在他膝蓋上。

「你怎麼了？爲什麼光是發呆，手都不動呀？」切子抱怨道。

「對不住，我想起從前的事了！哦，妳已經把妳那一份做完啦？感謝感謝感謝！剩下的我來就好，妳可以休息了！」十郎趕緊安撫道。

「那你可別忘了我的獎賞喔！」切子大聲說。

「我怎麼敢忘記啊？我一定會把妳磨得又光又亮，還給妳吃最好的頭髮！」十郎保證道。

切子這才放心的笑了，又變回一把剪刀的模樣。十郎把它收進包袱，自己也微微笑了起來。

從他放棄當人類的那一夜起，又過了很長的年月。離開骨頭森林之後，十郎依然以人類的外貌在世間流浪，順著自己的心願，不斷探索人心的奧祕。

最後，他遇見了付喪神。他們是從人類的情感中孕育而生的妖怪，也是喜歡待在人類身邊的妖怪。

認識這種妖怪之後，十郎心中就有了新的願望。他想幫助付喪神，為他們和人類牽線結緣。

於是，十郎成了媒人公。

他既喜歡人，也喜歡付喪神，能夠遊走在兩邊之間，這樣的工作令他驕傲又滿足。十郎覺得，當初決定揮別人間逃到妖怪界，真的一點都沒有錯。如今的他，無時無刻不對自己的選擇心懷感激。

正出神間，忽然，有誰輕輕拍了拍十郎的肩膀。他轉頭一看，是阿碧。

「阿碧……妳修好了嗎？」十郎忐忑的問。

「嗯，我盡力了。」阿碧淡淡回道，接著便伸出手。

只見在她手上，躺著一個紅狗形狀的土鈴。土鈴表面已經仔細上了漆，連一丁點裂痕也看不到。

「哇，好厲害！簡直就跟新的一樣……咦？它怎麼沒有眼睛？」

十郎疑惑的問。

「嗯，只差眼睛還沒畫上去，因為畫眼睛是你的工作呀！」阿碧說。

「是、是要我來畫嗎？」十郎有些驚訝。

「是啊！最了解這個土鈴的是你，所以應該讓你親手幫它點眼睛，才算大功告成……順當的話，它的靈魂就會回來了！」說罷，阿碧遞給他一隻細毛筆。

十郎小心翼翼接過筆，努力回想朱狛的模樣。

朱狛，最親人的朱狛，請讓牠回來吧！請讓牠甦醒吧！十郎一邊在心中祈禱，一邊伸出毛筆，畫下一對眼睛。

剎那間，土鈴的紅狗形貌愈來愈鮮活，彷彿有了生命一般，看起來元氣十足，奇妙的氣息令十郎嚇一大跳。

「朱狛？」他輕聲呼喚，只見土鈴驀的開始發光，隨著光芒搖曳，它的外形漸漸起了變化，最後變成一隻小小的紅狗。

那是一隻圓圓胖胖的小狗，正站在十郎的掌心上，尾巴搖個不停，興奮得蹦蹦跳跳，最後更是直接躺下來，翻著肚皮撒嬌。

不僅十郎很開心，連阿碧也跟著笑了：「唉呀！真是個可愛的小傢伙！」

「牠原來長得像一匹狼啊！不管怎樣，能回來真是太好了！」十郎用雙手包住小狗，開懷的笑了起來。

阿碧看著他，忽然重重的點一下頭，說：「好，就這麼決定了！喂，跟你說，我最近會很忙，等我修理完月夜王公的甲冑，才可以暫時喘口氣。到時候，我們一起去吃餡蜜[7]吧！」

「咦？」十郎大吃一驚。

「好嘛！我挺欣賞你的，像你這樣的傢伙還是第一次遇到，我不想就這樣跟你說再見啦！」阿碧大方的對十郎綻開笑容，那表情似乎在說：我不會讓你逃走喲！

十郎望著阿碧，他知道她是認眞的。不用刻意推敲或探究，他也能清楚感受到阿碧直爽眞誠的心意。於是，十郎也開心的對她笑了：

「樂意之至！我也想多認識阿碧姑娘一點呢！」

「你這麼說……我可要當眞了！我可以當眞嗎？」阿碧愣了愣，才問。

「請妳一定要當眞啊！」十郎大聲回答。

過了幾天，十郎帶著朱狛去太鼓長屋找彌助。當彌助看見朱狛完好重生時有多麼高興，就不必再形容了！

彌助和朱狛歡喜的玩了一陣，才好奇的瞧著十郎，問道：「你看起來好像比以前開朗呢！是遇到什麼好事嗎？」

「哇，彌助也挺靈光啊！說來有點不好意思，其實，我的春天終於來了！」十郎搔搔頭說。

「咦？春天……你是說，你有了中意的對象嗎？真、真的嗎？」彌助驚喜的問。

「呵呵，是個很棒的對象喔！我還跟她約好下回一起去吃餡蜜呢！」十郎說他很期待那一天，說著說著，又止不住微笑起來。

7 餡蜜：一種日式點心，通常是將小碗裝的紅豆泥淋上黑糖漿，再搭配寒天、糰子、杏桃乾、紅豌豆等配料一起食用。

國家圖書館出版品預行編目（CIP）資料

妖怪托顧所.8, 女妖的報復/廣嶋玲子作 ; Minoru繪
; 林宜和譯. -- 初版. -- 新北市 ： 步步出版 ： 遠足
文化事業股份有限公司發行, 2022.10
面； 公分
譯自：妖怪の子預かります. 8
ISBN 978-626-7174-14-2(平裝)

861.596 111015690

1BCI0025

妖怪托顧所 ❽：女妖的報復

作者｜廣嶋玲子
繪者｜ Minoru
譯者｜林宜和

步步出版
社長兼總編輯｜馮季眉
責任編輯｜徐子茹
美術設計｜蔚藍鯨

出版｜步步出版／遠足文化事業股份有限公司
發行｜遠足文化事業股份有限公司（讀書共和國出版集團）
地址｜ 231 新北市新店區民權路 108-2 號 9 樓
電話｜ (02)2218-1417　傳真｜ (02)8667-1065
客服信箱｜ service@bookrep.com.tw
網路書店｜ www.bookrep.com.tw
團體訂購請洽業務部｜ (02)2218-1417 分機 1124
法律顧問｜華洋法律事務所 蘇文生律師
印製｜通南彩色印刷有限公司
初版 1 刷｜ 2022 年 10 月　初版 7 刷｜ 2024 年 8 月
定價｜ 320 元
書號｜ 1BCI0025
ISBN ｜ 978-626-7174-14-2